新潮文庫

ねこのばば

畠中恵著

新潮社版

8069

目次

ねこのばば

茶巾たまご

1

寝起きをしている長崎屋の離れで、若だんなは遅い昼餉《ひるげ》を取っていた。その様子を、兄《にい》やである二人の手代《てだい》達が、両脇《りょうわき》から奇妙な目つきで見つめている。

「若だんな、どうしたんです。びっくりするほど食が進みますね」

「そうだねえ。ここのところ全然寝込まないし、咳《せき》すら出ないね。まるで丈夫になったみたいだよ」

にこにこしながら若だんなが、ご飯のお代わりを欲しがった。目の前に出てきた空の茶碗《ちゃわん》に、しゃもじを持ったままの佐助《さすけ》が、手も顔も強《こわ》ばらせている。

「いつもは茶碗に半分がせいぜいなのに！　大丈夫ですか、若だんな。源信《げんしん》先生をお呼びしましょうか」

その言葉に、若だんなが苦笑を浮かべる。

「仁吉《にきち》、佐助。私がご飯を食べたからって、医者を呼んでどうするんだい。毎日もっと食べるようにって、言っているじゃないか。食べ物が美味《おい》しいのは、良いことだろう?」

「……そりゃ、そうですけどねえ」

佐助がぎくしゃくとした感じでお代わりをよそう。ほっこりとした飯を受け取ると、若だんなはまた、せっせと食べ始めた。

江戸一繁華な通町《とおりちょう》にある長崎屋は、江戸十組《とくみ》の株を持つ大店《おおだな》で、廻船《かいせん》問屋兼薬種《やくしゅ》問屋だ。若だんな一太郎《いちたろう》は、年が明ければ十八になる、大事な跡取り息子であった。甘い奉公人と、甘い甘い兄やたちと、更に甘甘甘の両親という、売り物の砂糖を全部集めたよりも極甘な者達に、若だんなはずっと守られ生きてきた。産まれてこの方、朝と昼と晩に、器用にもそれぞれ別の病で死にかけるほど、ひ弱だったからだ。

ところがここ何日かで、急に人が変わったように調子が良くなったのだ。今日も『雷豆腐』——砕いた豆腐を胡麻《ごま》油で炒《い》って、葱《ねぎ》のざく切りと大根下ろしを入れたもの——を、ぺろりと平らげている。古漬けの細切りも、揚げの入ったみそ汁も、旨《うま》そうに口にしていた。

「こいつはおかしいねえ。大地震か富士山の爆発か、何かとんでもない事が起こる、前触れなんじゃあるまいか」

不意に、部屋の隅に立てかけてあった屏風《びょうぶ》から声がした。程なく派手な屏風絵の男が、するりと中から抜け出してくる。そんな不思議を見たと言うのに、若だんなは騒ぐでもなく食べ続けている。手代達も眉《まゆ》一つ動かさなかった。

大きな声では言えないことだが、長崎屋には妖《あやかし》が沢山入り込んでいた。若だんなの祖母ぎんは、皮衣《かわごろも》という大妖《たいよう》の名を持つ者であったからだ。兄やである二人の手代も実は、犬神《いぬがみ》、白沢《はくたく》という妖だ。祖父母が体の弱い若だんなのために、長崎屋に送り込んでくれたものどもだった。

これも馴染《なじ》みの妖の一人、派手好きな屏風のぞきは、若だんなの横に立つと、胡散《うさん》臭そうな顔で茶碗を見つめている。天井の隅からころころと下りてきた恐ろしい顔の妖、鳴家《やなり》達も、若だんなの膝《ひざ》に登ってきていた。

「こんなにご飯を食べるなんて、ここにいるのは本物の若だんななんでしょうかね」

「妖が化けているのかもしれませぬ」

「そいつは一大事。きちんと調べなくては」

まだ食事の途中というのに、鳴家達は若だんなの真贋《しんがん》を確かめようと、体のあちこちを引っ張り始める。鳴家の身の丈は数寸だが、それでも手を摑《つか》まれると、大根が口に運べない。おまけに両側から頰を引かれて、若だんなは泣き笑いの声を出した。

「きょら、やへないか。いひゃいっ、くしゅぐったいっ……」

「止《や》めろっ！　そんなに引っ張って、若だんなを伸《の》し餅《もち》にする気かい？」

佐助が拳《こぶし》で柱を一発殴る。どんと腹の底に響く音と共に、部屋中がぐらりと揺れて、鳴家達が若だんなの体から、ぽろりぽろりと落ちて行った。

「うーん、どうも本物の若だんなみたいだねえ。じゃあ何で急に具合が良くなったのか」

屛風のぞきの声に、仁吉がにたりと大きく笑った。

「これは先日飲ませた、河童《かっぱ》の甲羅と大海蛇の抜け殻の煎《せん》じ薬が効いたのかも。いやその前の、千年漬け込んだ梅干しと目目連《もくもくれん》の目玉の方か」

「私はそんな物を飲んでいたのかい？」

びっくりした若だんなが箸《はし》を止める。

「なかなか手に入らない立派な薬なんですよ」

「だからって……」

ぶつぶつと言いながらも、今日の若だんなはまた食べ始めた。益々《ますます》嬉《うれ》しげな仁吉が、膳《ぜん》の上を見たとき、不意にすっと眉をひそめる。一つのおかずだけ、全く手が付いていなかったからだ。

『茶巾《ちゃきん》たまご』

これは紙にたまごを割り入れ、茶巾絞りにして茹《ゆ》でるものだ。紙を取った後、醤油《しょうゆ》を垂らして、もみ海苔《のり》をかけるか、葛餡《くずあん》をかけて、青のりを振ると、どちらも若だんなの好物となる。

しかし。長崎屋では体の弱い若だんなに限って、『茶巾たまご』は、いつも別の形で出されていた。信じられないことに、たまごの上に、たっぷりと白砂糖がかかっているのだ。

確かに世の中には、砂糖を茶巾たまごにかけるという食べ方がある。『万宝料理秘密箱』前編、別名『卵百珍』という本に出ているのだ。長崎屋で台所を預かるおくまお気に入りの、評判の一冊だった。

だが、若だんなはその食べ方が大嫌いだった。第一若だんなの膳にあるものは、砂糖の量が尋常ではない。器の中に白い山を作っていて、たまごを食べようと思ったら、そこに穴を掘っていって、たまごを探さなくてはならないほどだ。

「だから、たまごを甘くしないでおくれと、いつも言っているじゃないか。これじゃ、砂糖の富士山みたいだよ。ご飯と一緒に食べられないだろう」

文句を言っても、常人とは考えも好みも変にずれている佐助と仁吉は、生真面目《きまじめ》に首を傾《かし》げるばかりだ。

「どうしてなんです、若だんな。ぼた餅はお好きでしょうに」

「佐助、そういう問題じゃないんだよ」

若だんなには、みそ汁を飲みながら、ぼた餅を食べる趣味はない。

「贅沢《ぜいたく》な食べ方だと思いますが。それに砂糖は、滋養があるんですよ」

もう一人の手代仁吉が、小鉢を手にして勧めてくる。何としてでも食べるものかと、一寸、若だんなは歯を食いしばった。しかし、仁吉はたまごと砂糖を盛ったさじを引っ込めない。

(このまま食べなかったら、兄やたちは本当に、源信先生を呼びにやるかもしれない)

医者が来たら両の親が騒ぎ出す。せっかく調子が良くなったのだ。病でもないのに布団《ふとん》に放り込まれるのは、ご免被《こうむ》る話だった。

「分かったよ……食べるから、もう少し砂糖を減らさないかい？」

にこりと笑った仁吉が、そのまま砂糖の小山を口に突っ込んでくる。しかたなく噛《か》んだら、「がちり」と硬い音がした。

「？　何の音です」

ぱくりと開けた口を、手代達が覗《のぞ》き込む。若だんなの舌の上には、親指の先ほどもある金の粒が乗っていたのだった。

「そういえば数日前に長崎屋が新しく売り出した薬、長霊丸《ちようれいがん》は、客の行列が出来るほどに大当たりしてますよね」

「廻船問屋長崎屋の方でも、今回の常磐丸《ときわ》の船荷、蜜柑《みかん》や昆布が高くさばけて、大もうけしましたよ」

「先日古い小箪笥《こだんす》を買ったら、中から金子《きんす》が出てきたよ」

昼餉の後、離れの居間の真ん中に、先程現れた金粒が置かれていた。それを取り囲むように座った若だんなと妖達は、近頃長崎屋に起こった幸運を数え上げていた。

「ねえ、箪笥に入っていたお金、どうしようか？　古い包みに入っているんだけど」

「若だんなのお小遣いにしていいですよ。金なんかよりも、この所若だんなの調子が良いことこそ、一番の驚きで」

仁吉の言葉に、佐助が頷《うなず》く。

「こりゃあ、ただ事とも思えない。何か訳がありますね」

「幸運を呼んだ『福の神』があるに違いない。それが何なのか、知っておきたいですね。若だんながその『福の神』のおかげで丈夫でいられるのなら、是非ともずっと手離さずにおきたいところですよ」

手代達の顔は真剣だ。なんぞ手に入れたとか、変わったことが無かったかと話し合うが、特別なことは何も浮かんでこない。

「若だんな、最近、お札やお守りを拾ったりしませんでしたか？」

「亀《かめ》を助けたり、放し鳥売りの雀《すずめ》を、全部買い切って逃がしたりとかは？」

「律儀《りちぎ》な妖を、救ったことは？」

「何で私にばかり聞くんだい。大体助ける前に、相手が律儀かどうかなんて、分かりゃしないと思うんだけど」

若だんなはため息をついて、全部の問いに首を振る。しかし、少しして「あっ」と小さな声を立てた。

「関係があるかどうかは知らないけど、変わった拾いものはしたよ。ほら、皆も心得ているじゃないか」

そう言われて離れにいる者たちは、困ったように顔を見合わせる。若だんなは畳の上の金粒を手に取ると、笑いを浮かべた。

「幸運の元と思うから、思い浮かばなかったのかねえ。私は兄さんの見合いの席で、金次《きんじ》を拾ったじゃないか」

「ああ、あのみすぼらしい男ですか」

「みすぼらしい？　そりゃまた、大いに控えめな言い方で」

鳴家が佐助の言葉に、茶々を入れたのには訳がある。金次はその名に反して、幸運とも、金粒とも、およそ世のあらゆる喜ばしいものと、縁があるとは思えない男だったからだ。

2

「若だんな、わっちは『福の神』じゃあ、ありませんよ」

「おや金次、違うのかい？」

まさかとは思ったものの、とにかく話を聞いてみようと、若だんな達は話題の主を離れに呼んでみた。金次はつい最近、小売りもする海苔問屋の大むら屋から移ってきた下男だ。

『福の神』なら、前の店を追い出されるなんてことは、なかったでしょうよ。大体わっちが居た大むら屋は、主人夫婦に次々と死なれ、店の屋台骨は大揺れ、台所は火の車だった。『福の神』があの店に居たとは思えないでしょうが」

「そうか、そうだよねえ」

縁側に座って、へらへらと笑っている金次は、目立つほどに異相の者だった。がりがりに痩《や》せ、あばらが浮き、顔も骸骨《がいこつ》に皮を張り付けたようで、見ていると何故《なぜ》だか気分が暗くなる。長崎屋に移ってきてからせっせと食べさせたのに、一向に太らない。心配する若だんなを見て、乳母やのおくまが、気合いを入れ金次を旨い物攻めにしたが、駄目であった。

おまけに佐助や仁吉の、上等の古着を貰《もら》って着ても、まるでつぎはぎのぼろを纏《まと》っているかのように見えてしまう。四十なのか五十なのかも分からず、古びた人の干物《ひもの》が歩いているかのようだった。

「やはり『福の神』は金次じゃあないか」

手代達はがっかりはしたものの、それはそうだと納得はしている。金次は『福の神』どころか、下男としてすら役に立たないという店の者の噂《うわさ》だ。だから新参者にもかかわらず、結構暇にしていた。

「『福の神』は人じゃあ無いかもしれないし、そんなに簡単に見つかりゃしないだろうよ」

若だんなは笑って、佐助が用意してくれていた、鶉餅《うずらもち》の入った菓子鉢を手に取った。一つつまんで金次にも勧め、いかにもそのついでのように、大むら屋のことを金次に聞き始めた。

月始めに、海苔問屋の大むら屋が、兄の松之助《まつのすけ》を娘の婿《むこ》に欲しいと、仲人《なこうど》を立てて言ってきたのだ。若だんなはその話に、興味津々《しんしん》だった。

「ところで金次、今の話じゃ大むら屋は大層商いが苦しそうだね。そんな様子でよく婚礼をあげる気になったもんだ。大した物いりだろうに」

「あの縁談は、お嬢さんが頼んだんですよ。道で男に絡《から》まれたとき、松之助さんが通りかかったので相手が逃げた、ということでした。それを大層感謝してらして」

「……それだけの縁かい？　兄さんが覚えていないのも無理ないね」

松之助につけ文が届いたのは、先月の話だ。当人には相手に心当たりがなく、首を傾げていた。縁談相手の大むら屋が傾いたのは、金次によると一昨年、流行病《はやりやまい》で主人夫婦が亡《な》くなった後のことだという。

「娘二人が残ったからと、おじ夫婦が店に乗り込んできたんですが、海苔の商いには素人《しろうと》なんでねえ」

番頭のやることに口を出すほどに、商いが巧《うま》くいかなくなる。奉公人も辞めてゆき、大むら屋は左前になっていった。

「せめてわっちくらいは、最後まで居てあげようと思っていたんですがね。あの見合いの折りに、首になっちまいましたからね」

茶を片手に金次がにやにや笑い出す。先だって、大むら屋の娘と松之助が見合いをしたのだが、思わぬ成り行きで巧くいかなかった。そのときに、金次は大むら屋から長崎屋へ移ってきたのだ。若だんなはその顚末《てんまつ》を思い出し、苦笑を浮かべる。

「おや、若だんなは笑っていなさる。あの日、何故あんな奇妙な話になったのか、分かっておいでなんですか？」

「推測はしているよ。証《あかし》は無いけどね」

そう金次に言って、若だんなは考えを話し出そうとした。

そのとき、薬種問屋の店表の方から、小僧が小走りに離れに向かって来るのが目に入った。仁吉がさっと立ち上がって、用向きを聞きに行く。そのまま小僧を伴って店に行き、帰ってきたときは、通町を縄張りにしている岡っ引きを連れてきていた。

「これは日限《ひぎり》の親分さん、お久しぶりで」

　長崎屋には馴染《なじ》みの岡っ引きは、甘い物と自慢話が大好きだ。ついでに袂《たもと》に落とし込まれる金子の包みも好きで、それを目当てに若だんなのところに、よく顔を出す。若だんなは今日もさっそく鶉餅を勧めたが、驚いたことに親分は手を出してこなかった。

「今日は松之助さんに聞きたいことがあって、ご用の筋で来たんだ。店表じゃ話しにくい。ここに呼んでもらったよ。あと、金次という下男が最近、長崎屋の世話になっていないかい?」

「そいつはわっちのことで」

　離れの隅からの返事に、岡っ引きが振り返る。弁慶縞《べんけいじま》の着物の裾《すそ》をまくって、厳しい顔を金次に向けた。

「親分さん、何があったんです? 金次と兄さんの繋《つな》がりというと……大むら屋さんに、何か?」

　一寸、岡っ引きは言いよどんだが、直《す》ぐに口を開いた。

「どうせ隠しておけることでもないしな」

　足音がしている。松之助が離れに来たのだろう。

「実は今日、大むら屋のお嬢さんが死んだんだよ」

「ひえっ」

金次の甲高い声がした。松之助の硬い口調が続く。

「おまきさんが亡くなった？」

まとまらなかったとはいえ、縁談の相手が急死したのだ。呆然《ぼうぜん》としている風であった。

「死んだのはおまきじゃないよ。姉のお秋の方だ」

そこに若だんなが口を挟んだ。

「親分さん、お秋さんの死に方に、妙なところがあるんですね。殺されたかもしれないんだ。もしかして十日ほど前、何かあったのではありませんか？」

その言葉に、日限の親分がさっと気味悪そうな顔を浮かべた。亡くなったのは昨日だが、お秋が倒れたのは確かにその頃だという。

「何で分かった？　妙な心当たりがあるんじゃないだろうね」

横で仁吉が笑い出す。

「離れにおいでになったというのに、親分さんは怖い顔をなすって餅も食べない。大事があったかと疑うのはあたりまえでさ」

「十日前と言ったのは、その時に兄さんと大むら屋さんの、奇妙な見合いがあったからなんですよ」

若だんなはそう言うと、言いかけていた、見合いの次第を話し始める。それは一の酉《とり》の出来事だった。

「これはこれは。長崎屋のご主人ではありませんか」

酉の市で賑《にぎ》わう境内で声を掛けられ、主人藤兵衛《とうべえ》を始め、長崎屋の一行は振り返った。浅草田んぼにある鷲《おおとり》神社で行われている酉の市は、神社御祭神の神恩に感謝して、来る年の開運、除災、商売繁盛《はんじょう》などをお祈りする霜月のお祭だ。

大層な人混みの中、一面に並んだ縁起物の熊手《くまで》の前に知った顔を見つけて、藤兵衛は眉根《まゆね》を寄せた。ちらりと連れの中にいる松之助の方へ視線を走らせる。声の主は、先に松之助へ縁談を持ってきた仲人だった。

「こんなところで会うとは、やはりご縁があるのですねえ」

とうに話を断っているのに、上機嫌な顔を向けて勝手なことを言ってくる。仲人は、秋月という名の俳諧《はいかい》の師匠だった。

分一《ぶいち》といって、仲人は結納金の十分の一が謝礼として貰える。だから秋月は俳句を作るよりも、仲人をするのに走り回っている事が多い。今日も何やら訳ありげな一行を連れてきていて、頼みもしないのに、ここぞと紹介してきた。

「こちらは先日お話ししました、大むら屋のお嬢さんなんですよ。横においでなのは、後見のおじ上方《うえ》で」

言われて藤兵衛は、益々眉間《みけん》の皺《しわ》を深くした。大むら屋の一行は、娘に華やかな振り袖《そで》を着せており、付き添いのおじ夫婦も酉の市に来たにしては着飾っている。どうみても、偶然に出会ったという風ではなかった。

寺社近くの水茶屋で見合いが行われるのは珍しくもないが、両家の婚姻話がほぼまとまってから行うというのが普通だ。今日のように、一旦《いったん》断られた話なのに、無理矢理見合いに持ち込むというのは、あまり聞いたことがなかった。

何が何でも若い者同士を会わせてしまおうという心根が、事の運びに透けて見えている。互いに気に入ってしまえば、一気に話が進むこともあるからだ。

松之助は藤兵衛が余所《よそ》でなした子で、奉公人として長崎屋で働いている。その約束で店に入ったのだ。

しかし若だんなが「兄さん」と呼んで憚《はばか》らないので、周りは長崎屋の子として扱われていると思うらしい。松之助の背後に持参金の幻が見えるのか、最近うんざりするほど、店に持ち込まれる結婚話が増えていた。藤兵衛は日々ため息をついている。

「私どもは、これから熊手を買いに行くところなのでね。息子が疲れるといけない。早々に失礼させていただきますよ」

珍しくも調子の良い若だんなが一緒で、付き添いの仁吉と、それに松之助と小僧が一人、荷物持ちに付いてきていた。秋月が慌《あわ》てて言葉を継ぐ。

「いえね、大むら屋のおまきさんは、ずっと松之助さんを気になさっているというんです。こうして行き会ったんじゃありませんか。そう急がれずとも……」

言われて娘のおまきを見ると、なるほどぼうっとした様子の目つきで、長崎屋の方をみつめている。だがその目の向く先を見て、若だんなは首を傾《かし》げた。

見つめているのは、どう見ても松之助ではない。

「お嬢さん、その者は手代の仁吉ですよ」

藤兵衛が笑みを口に浮かべつつ、やんわりと言う。おまきは顔をさっと赤くして、男前の手代から目を離し、隣を向いた。今度は若だんなを見てきている。

「あの……兄さんは、あっちですよ」

若だんなが、後ろに立っていた松之助を指し示すと、おまきの顔色が今度は青くなった。そこに、遠慮のない笑い声が聞こえてくる。見れば大むら屋の一行の端にいた下男のような男が、大きな口を開けて笑っているところであった。おまきがいたたまれないように、体を震わせる。

「なによっ、奉公人のくせに、あたしを笑いものにする気？」

その声に西の市の客らが、足を止め顔を向けてくる。好奇の目で見られて、おまきは一層、気恥ずかしくなった様子だ。

「知らないから、もうっ」

半泣きになると、そのまま松之助のことは打っちゃって、走り去ってゆく。大むら屋の後見人たちは大慌てで、人混みを分け後を追う。寸の間呆然と立ちすくんでいた仲人も、藤兵衛に頭を下げると、その場から去ってゆく。後に金次がぽつんと残ってしまった。

「いやいや、わっちゃあお嬢さんがお人違いをしたから、笑ったんじゃあ無いんですがね。きっと間違えるなと思っていたら、大当たりだったから、つい嬉《うれ》しくてね」

恐ろしくも貧相な下男は、何とも訳の分からないことを言って、まだ笑いを薄い口に浮かべていた。

「やれ、嫌われたねえ。これじゃあ、店には帰れないか。まあもう大いに傾いている店だから、未練はないが……」

だが、今日からどうしようかとぼやいている。若だんなは置いてきぼりとなったその男が、気になって仕方がなかった。余りにも凄《すさ》まじく情けない風体をしているからだ。

「ねえ、おとっつぁん……このお人、このまま店を出されたんじゃ気の毒ですよ。長崎屋に呼んで、ご飯ぐらい食べてもらった方が良くないかしら」

「確かになあ」

大むら屋一行を追い払えて、機嫌の良くなった藤兵衛が頷《うなず》いたので、金次は長崎屋に身を寄せることになった。始末がつかず最後に残ったのは、首を傾げた松之助の言葉だった。

「それにしてもあのお嬢さん……寄越した文では、私を見かけたと書いてあったのに。何で顔が分からなかったんだろうね」

山と並んだ熊手の方を見ながら、若だんなが面白がっているような表情を浮かべる。だが、口を開きはしなかった。

3

「とまあ、酉の市の日に、そういう話があったんですがね」

若だんなが見合いのときの話を結ぶ。縁側に腰掛けた日限の親分は、腕を組み口元をひん曲げていた。

「長崎屋さんが鷲神社へ行くとなれば、予《あらかじ》め駕籠《かご》屋や船宿に話を通しておくはずだ。大むら屋さんは誰ぞから話を聞いたのかね。娘に見合いをさせたいのなら、絶好の時になるわな」

そうして無理にも進めようとした縁組みの相手、道で見初《みそ》めた人だというのに、大むら屋の娘は、松之助を見間違えてしまった。

「さて、どうしてかね？」

その親分の問いには直ぐに返事をせず、若だんなは部屋の隅でにやにやと笑っている金次を、やんわりとたしなめた。

「いけない人だね、金次。あの日大むら屋からお供をしたお前さんは、事の次第を知っていて、あの騒ぎを楽しんでいたんだろう」

「分からないね。どういうことだい」

親分が驚いた顔で、金次に目を向けている。

「あの市にいたのがお秋さん本人なら、兄さんを見間違う筈《はず》もない。娘さんが入れ替わっていたんじゃないですかね。お秋さんと、おまきさん。あっさり断った縁談相手の名がどっちだったか、長崎屋じゃあ、はっきりと覚えてはいまいと、妹が姉の代わりにやって来たんだ。だから、兄さんの顔までは分からなかった」

「なんと！」

部屋中の顔が、揃《そろ》って金次の方を見る。新参の下男は、あははと体に似合わぬ豪快な笑い声を立てた。

「その通りで。見合いの前、急にお秋お嬢さんが倒れたんですよ」

大むら屋としては、何としても裕福な長崎屋との縁が欲しかった。もうすぐ師走《しわす》で、暮れの支払いが目の前に迫っている。店を潰《つぶ》したくはない。とにかく見合いに行かねばと、姉を医者に任せ、急遽《きゆうきよ》おまきが代わりに酉の市に向かったのだ。それであんな滑稽《こっけい》なはめになったのだと、金次が笑う。

「でも、お秋さんは丈夫な方だったから、あの後まさか死ぬとは思わなかったねえ」

岡っ引きは下男を睨《にら》み付けた。

「だがお秋さんは本当に死んだんだ。亡《な》くなり方も妙だった。快方に向かっていた筈なのに、寝ていた部屋で突然息を引き取ったんだからな」

店を首になったのだから、大むら屋を恨んでいたはずだ。お秋を殺したんではないかと親分に言われて、金次はまたにやにやと笑う。

「いやあ、潰れかけた店から、大いに儲《もう》かっている長崎屋に移るきっかけを与えてもらったんでね。わっちとしては、おまきお嬢さんに感謝しているくらいなんですがね」

何しろ長崎屋では、皆が痩《や》せぎすの金次を心配してくれて、飯は食べ放題。若だんなと居れば、お八つまで出てくる。

「何とも居心地が良すぎて、尻《しり》の穴がむずむずして来ていまさあ」

「そうか……金次はまあ、下手人《げしゆにん》ではないんだろうよ」

それならばと、岡っ引きはくるりと体を横にして、松之助に向き合った。

「おまきと見合いをしたと言ったな。店の主人になるのには姉が邪魔だ。だから松之助さんが手を下したんじゃあないかい」

若だんなが珍しくも怖い顔をして、手元にあった菓子鉢を握りしめる。佐助が笑って、そっとその手を押さえた。

「心配いりませんよ、若だんな。切れ者の親分さんが、見当違いにも松之助さんをひっくくる訳がない。松之助さんには、殺す理由も暇もありませんからね」

第一、元々の見合い相手はお秋の方だったのだ。だから松之助が本心、大むら屋の跡を継ぎたければ、お秋と一緒になればいい。殺す必要はないのだ。

佐助の言葉に若だんなは、ほっとした顔をしたが、岡っ引きは面白くない。

「それなら、下手人はおまきだ！　己が松之助と添いたくて、姉を殺したんだろう」

「親分さん、その話には無理がある。おまきさんはあたしの顔も知らなかったんですよ」

代理で行った見合いでは、大恥をかいた。その相手のために、寝込んでいる姉を殺しはしないだろう。

「それなら……ええい、一体誰がお秋を殺したんだ。あれは殺しだ。誰が見ていた訳じゃあないが、同心の旦那《だんな》は、お秋が側《そば》にあった座布団《ざぶとん》を顔に押しつけられ、息が出来なくなって死んだんだと考えていなさる」

座布団に、髪油が付いていたのだという。枕元《まくらもと》の盆に置いてあった湯飲みが割れて、お秋は手を切っていた。殺されかけ、もがいた拍子に、手を振り回したとみているのだ。

「その上妙な事に、お秋がいつも使っていた文箱《ふばこ》が一つ部屋から消えているらしい。おまきがそう言うんだ。箱は飾り気もない、木で出来たものらしいんだが」

この話には、離れにいた者達も首を傾げる。若だんなが親分に箱の中身を聞きつつ、茶を差し出した。いつの間にやら岡っ引きの手は、鶉餅《うずらもち》をつまんでいたのだ。

「その文箱には、お秋が余所で聞いたこととか、己で思いついたことなんかを、書いて入れていたらしい」

「どうしてそれが無くなるんでしょうね」

仁吉が腕組みをしている。無くなった理由が、とんと分からないからだろう。岡っ引きも同じような格好をしている。こちらは分からないでは済まない立場なものだから、恐ろしく腕に力が入っている。誰かが下手人の役を引き受けてくれたら、ほっとするというのが本音であろう。分からないことだらけの事件に、下を向き、ため息を漏らしている。

「もう兄さんのことは、疑っていませんよね」

若だんなが念を押すが、岡っ引きは返事をしない。

(こいつは……放っておいたら、不味《まず》いかね)

そのとき鳴家《やなり》達が、怖い顔で岡っ引きに近づいて行った。若だんなの問いに、親分が答えなかったのが気に障《さわ》ったらしい。口を開けば、軋《きし》むような声は聞かれてしまうが、鳴家達の姿は人に見られることはない。火鉢に乗っかり文机《ふづくえ》を利用して、こっそりと親分の袖口や懐《ふところ》に手を突っ込み、中から紙入れや巾着《きんちゃく》、煙草《たばこ》入れなどを引っ張り出してしまう。

「おや、こいつはいけねえっ」

うっかり落としたと思ったのか、慌てて拾うが、戻すと直《す》ぐに鳴家が取り出してしまうものだから、なかなか始末がつかない。そのうちに、きまり悪そうに立ち上がった。

「そろそろ帰るかの。何か分かったことがあったら、知らせてくれ」

だが親分も強者《つわもの》で、去った後、大きな菓子鉢からは鶉餅が全《すべ》て消えていた。松之助も店表に帰った後の離れでは、鳴家達がもっと食べたそうな顔をして、空の鉢の周りをうろうろとしている。

それを見て、若だんなが苦笑した。

「やれ、菓子が足らなそうだね。三春屋《みはるや》に買いに行くとしようか」

「えっ、若だんな、今からですか？」

ここのところ若だんなは体調が良い分、動きが早い。直ぐにも出かけそうだと見て、仁吉が巾着を取り出し、これを金次に渡した。

「あたしらは今、酷《ひど》く仕事が忙しい。お前さん、暇なんだろう？　暫《しばら》く若だんなのお守りを頼むとするよ。三春屋はすぐそこだけど、若だんなを一人にはしないでおくれよ」

金次は巾着を手に、目を丸くしていた。

「わっちに若だんなと金を預けて、いいんですかい」

「あのね、もう子供じゃない。病でもないんだから、守りはいらないよ！」

そう言うと若だんなはむくれた顔で、草履《ぞうり》を履いて中庭に出て行く。三春屋に行くには、薬種問屋長崎屋の横手にある、小さな門から出て行くのが近いのだ。手代達に背中を押され、金次が慌てて後を付いて来た。

「本当に、調子の狂うこと、狂うこと。新参者に、こんなに金を持たせるもんじゃないですよ、普通」

「お前さんの方がそれを言って、どうするんだい」

若だんなは笑っている。

菓子司《つかさ》三春屋には、ほんの一またぎで行き着いた。表長屋にある小店の一つだが、小綺麗《こぎれい》にしていて、なかなか美味《おい》しそうな菓子が木箱に並べられている。店のすぐ奥で幼なじみの栄吉《えいきち》が、何やら紙に目を落としながら、必死に木鉢の中で手を動かしていた。

「何やっているんだい？」

「粉を捏《こ》ねているんだよ」

栄吉の答えは平凡なものだったが、手にべっとりと粘り着いた生地からすると、出来上がる菓子は非凡な味の一品になりそうだ。栄吉は菓子屋の跡取りのくせに、語りぐさになる程に菓子作りの腕がない。それでも作り方が書いてあるらしい紙を見ながら、今日もせっせと作っている。

(南無三《なむさん》。どんな味に仕上がるのやら)

若だんなは今日も、なるだけ栄吉が作ったらしい菓子を選んで沢山買った。金次が支払いを済ませ、店から出ようとしたとき、ふと振り返る。

「ねえ、栄吉。その分量書、おじさんが書いたのかい？　それとも栄吉の案かい？」

「おとっつぁんのものだよ。作り方を覚えようと思って、一つずつ教えて貰《もら》っているんだ」

「そうか……頑張んなよ」

「分かってるって」

返事は元気が良かったものの、栄吉の手についた粉は大きく団子になっていて、だんだん捏ねることも巧《うま》く出来なくなっている。若だんなはその心配な光景を目の中から断ち切るように、三春屋の外に出ていった。

4

「栄吉さんの餡子《あんこ》に違いないよ！」

「栄吉さんの菓子だよ！」

「栄吉さんのだ！」


離れでは鳴家達が、若だんなが買ってきた饅頭《まんじゅう》にかぶりついていた。本日の菓子も一口で栄吉の作だと分かる出来映えだったが、妖《あやかし》達は、人ほどにはしかめ面《つら》を浮かべない。二つ目に手を出す剛の者も現れて、菓子鉢の中身は順調に減っていった。

手が空いた若だんなは部屋で文机に向き合っている。広げた紙に最近起こって、まだ理由の分からぬ事を書き出していた。体調が良くても、店の仕事には手を出せないようであったが、この分ならばやることは多そうだ。


一つ、『福の神』が長崎屋にあるのか。

一つ、お秋は誰に殺されたのか。

一つ、お秋は何故《なぜ》、殺されたのか。

一つ、お秋の文箱は、どこに行ったのか。

一つ、文箱が無くなった理由は何か。

一つ、金次はどうして太らないのか。

「いやその、若だんな。何で太らないのかと言われてもねえ……」

書いたものを覗《のぞ》き込んだ金次が、困ったような笑いを浮かべて、愛用の渋団扇《うちわ》をぱたぱたあおいでいる。若だんなは紙を指して、金次に聞いた。

「お秋さんが殺されたわけ、金次は何だと思う？」

「いやあ、とんと分からねえ。人殺しになりたいと思ったことがないんで」

「お嬢さんは恨まれていたの？」

「いいえ、そういう話は聞かなかったねえ。長女だからと生真面目《きまじめ》に店を手伝ったりして、正直な働き者だったよ」

「では、お秋さんが死んで、何が変わったかな。誰かが得をしたかい？　それともほっとした者がいたかな」

「うーん、そう言われても」

大むら屋は妹のおまきのものになるのだろう。しかし金次によれば、おまきは傾きかけた大むら屋を番頭にでもおっつけ、己は店に残った金を持って、嫁に行く算段でもしそうだという。元々跡を継ぐはずでは無かったのだし、今の大むら屋が手に残っても、苦労が付いてくるだけだからだ。

ではおじ夫婦はどうかというと、お秋が亡《な》くなったのは、二人にとっても幸運では無かろうという。うまくやっていた店を傾けたのはおじ夫婦なのだ。番頭ではなく、夫婦が店を乗っ取ったら、早々に潰《つぶ》してしまいそうだ。

「では得をしそうなのは、番頭だけか」

「ですがね、おまきさんが店のなけなしの金を持参金にして嫁にいくとしたら、番頭が大むら屋を引き継いでも、やっていけそうもないんで」

突然海苔《のり》が沢山売れ、いつも以上の大金が入ってくるとは思えない商いであった。店を立て直すにも、まとまったものは入り用なのだ。

「見事に八方塞《ふさ》がりだねえ」

若だんなは、少しばかり考え込んでいた。それからやおら後ろを振り返ると、たっぷり食べて機嫌良く走り回っている鳴家達を、手招きして集める。

「お前さんたち、大むら屋に行って、こういう物が家の内にないか、見てきておくれでないか」

指し示したのは文机の上にあった、若だんなの文箱だ。

「蒔絵《まきえ》の品じゃなくて、木で出来ているそうだ。他の家人の持ち物もあるだろうし、文箱は一つじゃないかもしれない。いくつ、どこにあったか、教えておくれ。中身が分かったら、もっといい」

「はいはい」

明るく返事をして、鳴家達は陰の中に消えて行く。それからもの問いたげな表情を浮かべている金次に、文箱を探すわけを告げた。

「お秋の死と共に、文箱は無くなっているんだ。関係ないとは思えないよ。座布団でお秋の口を塞いだ奴《やつ》が、お秋の寝間にあった文箱を持っていったに違いない」

下手人にとって、中身の書き付けは、盗みたい程のものであったのだ。下手人が余《よ》所《そ》から入り込んだ者でないのなら、お秋の文箱は、まだ店の中にあるに違いなかった。

「だから、隠してある文箱の中身を見たいんだよ。何が書き付けてあるか分かったら、この殺しの理由が分かるかもしれない。下手人が誰かも知れるだろうよ」

「なるほどねえ」

金次はその話を、面白がっている風であった。だが、早く謎《なぞ》解《と》きをしたくとも、鳴家達が風のごとくに速く帰ってくる訳ではない。暇になった若だんなは、碁盤を持ち出してきた。一局打って、しばしの時間つぶしをしようというわけだが、これには金次が眉《まゆ》を八の字にした。

「わっちは下男なんでしょう？　昼間っから離れで遊んでいて、いいんですかい？」

「碁の相手をしてくれたら、私は嬉《うれ》しいよ。離れのことには誰も、文句は言わないと思うけどね」

「なんだか本当に、身の置き所がない店だねえ」

ぼそぼそと言いながら金次は碁石を打ち出した。だが、これが意外なほどに強い。若だんなが久しぶりに苦戦をしていると、そのうちに鳴家達が帰ってきた。

「この辺でこの勝負、止《や》めとしますか？」

金次の骸骨《がいこつ》顔に、にたあと笑われて、若だんなは断固として首を振る。

「絶対に逆転してあげるから、見ておいで」

そっと崩さないように、碁盤を部屋の隅にどける。それから若だんなは、誰が一番に報告するかで揉《も》めている鳴家達の話を、聞き始めた。

「文箱《ふばこ》は四つありました」

「おまきの部屋の、文机の上に一つ」

「おじ夫婦の部屋に一つ」

「番頭の部屋に一つ」

「帳場の何やら書いてある帳面の下に一つ」

「帳場に文箱があった？　何やらって……どういう字だったの？」

若だんなが紙に、『注文』『証文』『受取』『目録仕切』などの字を、さらさらと書いて行く。『目録仕切』と書かれたところで、何人かの鳴家が、この字だと紙に小さな手を乗せた。

「『目録仕切』の下に文箱が隠してあったのか」

眉根を寄せている若だんなに、金次がそれは何かと聞いてきた。

「店で扱う品の、やり取りの記録帳だよ。大むら屋ならば、海苔だね」

「そいつは、帳場にあってはおかしい物なんですかい？」

「いいや、あるべきものだよ。商売上の取引を書いたものなんだから。妙なのは、その下に文箱があったことさ」

若だんなはまた鳴家に聞く。

「その帳場にあった文箱の中には、どんな書き付けが入っていたかい？」

「字が一杯書いてある紙が、入ってました」

「どんな言葉だったかは……分からないか。うーん……」

これ以上のことを、鳴家達に任せるのは無理なようであった。若だんなは何やら思いついたことがあるのか、じっと『目録仕切』と書いた字を見ながら考え込んでいる。

「その文箱の内を見てみなくては、答えが出せないけど……」

ひょいと金次の方を向いた。

「お前さんがもし大むら屋の主人だったら、潰れそうな店を抱えて、どうするかい?」

「さっさと商売をたたんで、店も土地も売りますね」

「じゃあ、海苔問屋を立て直せと言われたら?」

「潰すなと言われましても……。あのおじ夫婦がいては、好き勝手は出来ませんし。大売り出しをしようにも、売り物が海苔ではねえ」

「そうなんだ。そこなんだよね」

若だんなは立ち上がると、部屋の隅にある、豪華な金具の付いた、古い小簞笥《こだんす》の引き出しを全部引っ張り出した。すると奥に、更なる取っ手が見えてくる。それを引くと、隠し部屋が現れた。小さな引き出しには、紙に包まれしっかりと上書きと封印をされた小判が入っていた。

「これは凄《すご》い。五十両包みなど、初めてお目に掛かりましたよ」

「この小簞笥、長崎からきたもので、最近買ったんだ。そうしたら中から金子が出てきてね。かなり古そうな包みだから、ずっとこの中に入っていたんだろう。仁吉がお小遣いにしていいって言ってたよ」

「五十両もですか！」

切り餅《もち》は、金粒と違って口には入らないと、若だんなはあっさり笑っている。事が終わって金が余ったら進呈しようかと言って、若だんながひょいと小判を差し出す。

金次が思わずといった感じで、骨だけのような身を後ろに引いた。

「ああ、本当にまったくもう！　若だんな、そんな物を取り出して、何をする気なんですかい？」

「うん、この金を使いに、大むら屋に行こうと思っているんだ」

「海苔巻を荷車に積むほども、食べたくなったんで？」

「おや、それもいいねえ」

懐《ふところ》に切り餅を落とし込むと、若だんなはさっと立ち上がった。

「何としても文箱の中身を確かめたいんだよ。この金子を貸してあげると言えば、金に困っている筈《はず》のおまきさんは、店の中にあげてくれるだろう。帳場にある文箱を探すように、話を持っていってみるよ」

「若だんな。外出《そとで》をするのなら、手代さんたちに言ってからにして下さい。わっちが叱《しか》られます」

その声を聞き流して、若だんなは離れから出て行こうとする。その足に金次がしがみついた。

「あたしゃあ、あのお二人に小言を言われるのは、嫌ですからね」

「最近調子が良いんだよ。外出しても大丈夫だったら」

「そいつは手代さんたちに言って下さい！」

金次は痩身《そうしん》に似合わず力持ちで、足を離さない。二人して言い合っていると、周りにいた鳴家達がつられて騒ぎ出す。きゃわきゃわ、ぱたぱた、大騒ぎであった。

「駕籠《かご》に乗っていくから、心配ないよ」

「なら、一言声を掛けてもいいでしょうが」

その時。

ぴたりと鳴家達の声が止んだ。びっくりして庭を見ると、揉《も》めている若だんな達の姿に、目を丸くした日限《ひぎり》の親分の姿があった。

5

「親分さん、本当に良いところに来て下さった。忘れ物の煙管《きせる》に感謝したいくらいですよ」

人通りが多い通町の、繁華な大通りを歩きながら、若だんなは隣を歩く岡っ引きに軽く頭を下げる。無事に外出が出来て、ご機嫌であった。

日限の親分の方も、謎が解けそうだ、手柄を立てられるとの話に誘われて、顔が輝いている。離れの庭でそうと聞いたので、若だんなを連れ大むら屋へ行くことにしたのだ。

一人金次だけが、ふてくされた顔をして、それでも離れずに二人の後を付いて来ている。

「しかし、文箱が本当に、帳場だの台所だのにあるものかね」

あるのだ。それが分かっている若だんなは、下手人は自分の部屋以外のところに、文箱を隠したに違いないと言って、岡っ引きを導いていた。

「なに、親分さんなら、直《す》ぐにも見つけられますって」

「そうかい？　まあきっと、そうだろうよ。しかし、文箱が見つかったら、殺しの理由が分かるもんかね？」

「親分さんなら、ちゃんと分かりますってば。私も及ばずながら、ちっとは考えさせていただきます」

「おう、がんばれよ」

海苔問屋大むら屋は、日本橋から京橋へ抜ける大通りからは、一本横に入った道沿いにあった。藍地《あい》に白く大むらと染め抜いた暖簾《のれん》が見えてくる。天水桶《てんすいおけ》の脇《わき》を通って店表に顔を出すと、店の者が丁寧な対応をしてきた。岡っ引きと連れ立っているということは、誠に便利なものであった。

大むら屋の奥にある一室に、日限の親分に呼ばれた者が座っていた。今日は店も早じまいとなっている。

十畳ほどの部屋に集まったのは、妹のおまき、おじ夫婦、番頭、手代が二人だ。小僧や下男、女中以外では、今はその六人しか大むら屋には残っていない。その者たちと、親分、若だんな、金次が向き合って座っていた。双方の間に、ぽんと置かれた物がある。

紛失していた文箱が、帳場から見つかったのだ。若だんなはその中身を眺めて、暫《しばら》く無言でいた。

「あんな場所に隠してあったということは、後で取り出すことの出来る、店の者の仕業に違いない。つまりお前さんたちの内の誰かが、お秋を殺した訳だ」

ぴしりと決めつけるように言う岡っ引きの言葉に、おまきが眉をひそめ文箱を見ている。

「そりゃあ、その文箱はお秋姉さんのものには違いありませんが……そんな、ただの紙が入った箱、下手人が取ったかどうかなんて、分からないじゃありませんか」

以前おまきが話していた通り、箱の中には、沢山の書き付けが入っていた。金目のものなど、一つもない。そこに若だんなが割って入った。

「こいつは、下手人が取ったものなんですよ。だって、ほら……」

ついと書き付けを一つ選んで、皆の前に差し出す。一斉に見つめられた紙には、小さく染《し》みが飛んでいた。

「皆さんも覚えていなさるでしょう？　お秋さんは死ぬとき、割れた湯飲みで手に怪《け》我《が》をした。亡《な》くなったとき側《そば》にあったこの書き付けに、血が飛んだんですよ」

「なるほど、その後直ぐに文箱は無くなっている。盗むことが出来たのは下手人だけですね」

後ろに控えて座っていた金次が、声を上げる。だが家人らはまだ不満げだ。

「ですが……これが見つかったからって、下手人が分かるとも思えない。大したものも入ってはいなかったし。何で今ここに、集められなくっちゃならないんです？」

大むら屋のおじが、不服そうに首を振っている。若だんなが小さく笑った。

「中身を拝見して、下手人が分かったんですよ。ねえ、親分？」

「えっ？」

一人焦《あせ》った顔の親分を残して、部屋の内がさっと静かになった。その糸を張ったような雰囲気の中で、若だんなは中身の書き付けを何枚か手に取り、畳の上に並べる。

「ご覧になって下さい。全《すべ》て同じ手で書かれたものだが、ここにあるのは全部、海苔《のり》を使った料理の作り方なのです。佃煮《つくだに》、海苔巻、海苔飯……凄い数だ」

海苔料理と言われても、己は数多くは思い浮かばないと若だんなは言う。

「女の方でも、そうじゃないでしょうかね。海苔問屋さんのご家族でさえ、です」

言われて、おまきやおばも、戸惑ったように顔を見合わせている。

「この文箱の中には、こんなにも多くの書き付けが入っています。お秋さんは人にも聞いていたという話だったけど、料理の方法をこれだけ集めるのは、苦労したでしょうね」

三春屋の主人は息子の栄吉に、分量書きを伝えようとしていた。得意の菓子の作り方は、大切にしているのに違いない。同じように海苔料理といっても、人から直ぐに作り方を教えて貰《もら》えるものばかりでは無かったはずだ。

それでもお秋は頑張ったのだ。真剣な思いがあったに違いない。

「世間に『卵百珍』とか、『豆腐百珍』とかいう、料理本があることをご存じですか」

大根の百珍本などもある。話題になっているものだ。長崎屋ではおくまも読んでいる。

「卵百珍の話は聞いたことありますよ」

料理屋で噂《うわさ》になったのを、小耳に挟んだのだろうか、おじが頷《うなず》く。

「ですが、まだ『海苔』の百珍はありません」

「えっ？　そうだったのかい？」

日限の親分も、初耳の様子だ。その言葉に部屋の内の者達は、お秋がこの書き付けをどう使おうと考えていたかが、見えたようであった。

「姉さんは、本を出そうとしていたの？」

「流行の『百珍本』が出せるんです。これなら版元も、結構良い値を付けたのではないでしょうか。今、大むら屋が欲しい、暮れを凌《しの》ぐ金子が手に入る。それだけではありません」

『海苔百珍』を出せば、当座、海苔はいつもよりも売れるに違いない。そのとき本の中に、『大むら屋』の名を入れておけば、物見高い江戸の者達は、小売りもしている

『大むら屋』の海苔を買いに来るはずだ。同じ海苔ならば、話の種に出来る方が良いからだ。店先に、海苔と本とを並べておいてもいい。

「そんな使い道があるなんて……」

おまきたちは呆然《ぼうぜん》とした顔で、書き散らした反故《ほご》にしか見えない紙の束を見ている。

若だんなは、紙を一同に突きつけた。

「これを見て、そのことを見通した人がいたんですよ。その人が下手人です」

おまきではない。料理法が欲しければ、おまきならば写せば良いからだ。おじ夫婦でもない。

「そこまで先が見通せるのなら、店を傾けたりはしなかったでしょう」

それにお秋の文箱は、帳場の『目録仕切』の下に隠してあったのだ。その言葉に、今まで黙っていた大むら屋の手代たちが、身じろぎをした。

「帳場で『目録仕切』を書いているのは、番頭さん、店を預かっているあなたですよね」

若だんなの言葉に、長年勤めていた五十近い奉公人に視線が集まる。

「番頭さん、あなたがお秋さんを殺《あや》めたに、違いないんです」

おまきは呆然と口を開けている。番頭自身は、じっと畳を睨《にら》み付けている。暫くは、誰からも声が出ない。

その静けさを、金次が渋団扇《うちわ》をあおぐ、ぱさりという音が、小さく破った。

暫く忙しかった日限の親分が、久方ぶりに薬種問屋長崎屋に顔を出すと、馴染《なじ》みの手代、仁吉の態度が何ともそっけない。若だんなを断りもなく連れ出したことを、まだ腹に据えかねているのだと見当がついた。

岡っ引きは首をすくめるようにしながら、若だんなの調子はどうかと聞き、愛想笑いを浮かべた。

「大むら屋の番頭が、お調べで本心を吐いたんでね。若だんなは聞きたいんじゃないかと思って来たんだが」

主人の娘を殺した番頭は、磔《はりつけ》と決まった。だが実直そうな男が何故《なぜ》突然、お秋の顔に座布団《ざぶとん》を押し当てたのか、理由までは若だんなにも分かっていなかった。

その言葉に、仁吉はいかにも渋々といった感じで、岡っ引きを離れに通した。

「これは親分さん、お久しぶりです」

いつもの離れに行くと若だんなが、小山のように重ねられた夜着の下に、伏せっていた。その横に佐助が張り付いている。部屋には煎《せん》じ薬の匂《にお》いが漂っていた。

「おや、また風邪でも引き込んだのかい」

岡っ引きの言葉に若だんなは、げほげほと、咳《せき》で返事を返している。岡っ引きは暖かい火鉢の脇に、さっと座り込んだ。

「こりゃあ外出をしたこと、怒られるはずだな。だがおかげで手柄を立てられた。礼に、詳しいところを話してやるよ」

若だんなは、自慢とほらを程よく含んだ、日限の親分の捕り物話を聞くのが好きだ。それに今回のお秋殺しについては、親分の手柄にはなっているが、若だんなが何もかも見通したようなものであった。

興味が湧《わ》いたのか、若だんなが頭の先だけ、夜着から出した。手代達の目も集まる。咳を一つして、親分が重々しく話し出した。

「大むら屋のお秋殺しを、番頭は白状したよ。同心の旦那《だんな》が推察していたとおり、伏せっていたお秋の顔に座布団を押しつけたようだ」

長年店に勤めてきた奉公人の、突然の凶行であった。

「大むら屋では、一昨年、主人夫婦も死んでいるからね。奉行所ではそのことから、改めてお調べになったんだが」

しかし夫婦が流行病《はやりやまい》で亡くなったのは、本当らしい。その後番頭は、普段と変わらずに勤めていたのだ。だが、その気持ちが萎《な》えてきたのは、店に乗り込んできたおじ夫婦が、やかましく口出しを始めてからだった。

「海苔の商売には疎《うと》いのに、突然やって来た素人《しろうと》が大きな顔をする。それだけでなく、番頭が長年支えてきた店を、あっという間も無く傾けてしまった。番頭は奉公している身のつらさを感じたんだそうな」

使われている身であれば、逆らえないことも多い。どうしようもなかったのだろう。程なく大むら屋も無くなる。そう思い定めていたときに、突然お秋が倒れたのだという。その日、おまきは代わりに、見合いに出かけた。

「お秋は死ぬかもしれない。おまきは嫁に行くかも。そのとき、番頭は己が大むら屋を継げるかもしれないと思い始めたっていうんだ。おじ夫婦ではやっていけないことが、周りの目にも明らかだったからな。店を動かせる。素人の言うことを聞かずに済む」

だがもし店を継げても、おまきの持参金は出さねばならない。店だけ貰っても、金の算段がつかなかった。だからその時は成就《じょうじゅ》しない話だと、ちゃんと分かっていたんだという。

ところがある日、番頭は伏せっていたお秋の枕元《まくらもと》で、『書き付け』を見つけてしまったのだ。

どう使えば良いかが分かった。金の問題が飛んで消えていた。

「余りにも簡単に思えたそうだ。枕でお秋の口を塞《ふさ》ぐだけでいい。それだけで、海苔問屋の主人になれる。何でやってはいけないのか、分からなかったとさ」

あとは医者が病死だと言ってくれさえすれば、事はすんなりと終わる。その筈《はず》だったという。医者には分かりはしないと、高をくくったのだ。

「何で殺してはいけないのか、分からなかった？」

若だんなが掠《かす》れた声で繰り返した。ぶるりと夜着が震える。冷たい手で、ぺたりと両の頬を、体を、撫《な》で回されたかのようであった。

「殺しが見つかるかもとか、怖さを感じなかったんでしょうか」

「よく知った顔を、何であっさりと殺せたのか……」

手代達の問いに、岡っ引きが首を振る。

「同心の旦那が番頭に、こう聞いたことがあったよ。その方が都合がよいからと、他人がお前を殺そうとしたら、どう思うと」

その答えは、

「嫌です」

という、短いものだった。

己が殺す分には、止める理由が分からない。人に殺されるのは、御免こうむる。迷いが無い。恐れも哀れみも薄かった。岡っ引きはその言葉に、目眩《めまい》がしたという。

「番頭はすんなり捕まったし、お調べにも大人しく答えたそうだが……あたしは今、心底あいつが怖いんだよ」

人の顔をしてはいる。でも岡っ引きが捕まえた番頭は、落ち着いた様子でいて、人がもつにしては薄ら寒いような考えを抱えていた。

『何で何で殺しちゃいけないんですか。だって、その方があたしには都合がいいんだから……いいじゃないか、いいじゃないか』

番頭を捕まえて褒美《ほうび》を貰っただろうに、親分が少し疲れたように、ため息をついている。これには若だんなや手代達も、返す言葉がなかった。

(何でやってはいけないのか、分からなかった……か)

「おっと、若だんなは具合が悪いんだ。長居は不味《まず》いね。そろそろ帰るとするよ」

そう言って立ち上がると、仁吉が横に回って、袖《そで》に紙に包んだ金子を落とす。岡っ引きが片眉《かたまゆ》をすっと上げると、更にその手に、饅頭《まんじゆう》の包みを渡した。

「こいつはおかみさんに、ですからね」

岡っ引きの妻は、一度体を壊したきり、未《いま》だにすっきりとしない。それを知っての心遣いに、日限の親分はにやりと笑いを浮かべたあと、一つ頭を下げて帰って行った。

6

「ひきりのほやぶんに、あんまり怒っちゃ駄目だえ……けほっ」

乾いた咳が続く。直《す》ぐに仁吉が、薬を飲ませる。問答無用な味に、若だんなは「うええ……」という力無い声をあげた。

「こんとは、何の薬だへ？　まひゃ変なものなんたろうよっ」

「ちょいとばかり調子が良いからと、無理をするからこうなるんですよ」

「もう、いつにない運は去ってしまいました。養生して下さい。でないと治りませんよ」

そう念を押してから、佐助はまた火鉢に景気よく炭を足している。そちらを向くと、若だんなは布団の隙間《すきま》からにやりと笑った。

「ひかし『福の神』は意外なとこにいたねえ」

「全くで。人ではないと分かっちゃいましたが、まさかああいうお方だったとは」

無茶をしたせいもあったが、若だんながまたいつものように、寝込むことになったのは、長崎屋から『福の神』が去ったせいだった。

いや実は、『福の神』は長崎屋に一度も来てはいなかった。訪れていたのは、お定《き》まりの痩身《そうしん》に渋団扇の主。金次という名を持った『貧乏神』だったのだ。

「『貧乏神』も、神には違いない。心を込めてもてなした者に、金をあげたという話がありましたね」

仁吉が笑っている。佐助が思いだした。

「そういえば、どこぞの神社にある小社は、『貧乏神』を祭ったものだと聞きました。赤飯と油揚げを供えるのだそうです。良いことずくめの、福運を呼ぶという話で、信仰を集めているそうですよ」

「ほれで、『貧乏神』なのかい?」

「粗末に扱えば、しっかり貧乏を呼ぶんで」

「なるほど」

金次は己を大切に扱った長崎屋に、福運をもたらしてくれた。だが大むら屋の一件が終わった後、余った小判を若だんながあげると言ったら、出て行ってしまったのだ。

「もう駄目だよ。総身がむずかゆくなってきた」

やはり『貧乏神』であれば、貧乏をもたらす方が、向いているのであろうか。若だんなが夜着の中でため息をついた。

「まだ、金次と碁の決着がつひてないいんだよ。しかも、わひゃしの方が負けているんだ」

「ならばそのうち、尋ねて来るでしょうよ」

「待っている家に、『貧乏神』が来るもんでしょうかね」

佐助が首をひねっている。

(大むら屋からも、『貧乏神』は去っていった。この後はどうなるのだろうね)

海苔問屋は、おまきが養子を貰って継ぐことになったと聞いている。頼りの番頭まで失ったのに、嫁に行くのは止《や》めたのだそうだ。姉が必死に作った書き付けを、巧《うま》く使って店を立て直せるか、潰《つぶ》れるか。才覚次第だろう。

火鉢の上の薬缶《やかん》から湯気が白く出ている。夜着の端には、今日も沢山の鳴家《やなり》達が丸くなっていた。それを見ていると何となくほっとして、若だんなは眠くなってくる。

霜月でも長崎屋の離れは、暖かであった。

花かんざし

1

水茶屋の縁台脇《わき》で小さな女の子が、恐ろしい顔の小鬼を、しっかりと手に摑《つか》んでいた。

小鬼の大きさは数寸ほどだから、人形のつもりなのかもしれない。小鬼はどうしてよいのか分からない様子で、きゃわきゃわと半泣きの声を出している。長崎屋の若だんな一太郎は、子供の横に立ちながら、すっかり困ってしまっていた。

小鬼は人形ではなく、勿論《もちろん》人でもない。鳴家《やなり》といって、普段は家に取り付いている妖《あやかし》であった。不可思議な話だが、人である若だんなの連れなのだ。

「ねえ、お嬢ちゃん。その小鬼を離しておくれでないか。ほらもう一つ、お団子をあげるから」

若だんなが串《くし》を差し出してみるが、女の子はもうお腹《なか》がくちくなっているのか、しっかり握りしめた鳴家の手を離そうとはしない。代わって若だんなと共にいた手代《てだい》の仁吉と佐助が、女の子の前にしゃがみ込んだ。

「ならば、おでんもありますよ。芋《いも》は好きかな？　取り替えて下さいな」

「甘いのがいいなら、瓜《うり》でも饅頭《まんじゆう》でも、買ってあげるから。だからね、その子を渡して欲しいんだが」

だが女の子は、却《かえ》って鳴家を胸元に抱きしめてしまった。子供相手では力ずくという訳にもいかず、若だんな達は顔を見合わせるしかない。腕組みをして考え込んでいたとき、ふと思いついて名を聞くと、これには、はっきりとした答えがあった。

「於《お》りん」

歳《とし》は五つほどだと思えた。ぱっちりとした目をして、なかなか器量が良い。紅《あか》い花柄の上等な着物に、絞りの入った三尺帯。頭頂に小さな輪の髷《まげ》を結って、花かんざしを差している。大層裕福そうな家の娘に見えるのに、何故《なぜ》だか親が回りにいなかった。

「何だか不味《まず》いですねえ、これは……」

周囲に目をやりながら、仁吉が眉尻《まゆじり》を下げている。先程から佐助が他の連れ達に頼んで、水茶屋の周りで於りんの親か子守りを探しているのだが、見つからないのだ。

若だんなは於りんを見下ろしながら一つ首を振って、先程の手代の言葉を継いだ。

「この子、迷子みたいだね」

長崎屋の跡取り息子一太郎は、今日兄《にい》や達と共に、久方ぶりに華やかな場所へ外出をしていた。虚弱な若だんなが先にまた寝込んだおり、素直に薬を飲み込んだことへのご褒美《ほうび》だった。

通《とおり》一丁目のすぐ裏手、日本橋から江戸橋への間は、江戸広小路と呼ばれている賑《にぎ》やかな一帯だ。長崎屋からは船を仕立てれば、さほど遠くはない。振り袖《そで》火事の後作られた火除《ひよ》け地が、盛り場と化した場所だった。だから店は他の盛り場と同じく、仮設小屋が決まりで、葭簀《よしず》張りや筵《むしろ》掛けとなっている。百軒を越す床店《とこみせ》が、ずらりと並んでいて、その前を人の波が流れて行く。それを目あてに振り売りや大道芸人らも、多く集まって来ていた。大勢の話し声と物売りの呼び声、良い匂《にお》いがそこいら中から若だんなを包んでいる。

「うるさいけど、気が浮き立ってくる所だね」

江戸一と呼ばれる両国の盛り場には及ばないものの、晴れの日の気分を詰め込んだ袋の中にいるようだ。

もう十八であれば、こうした場所へ一人で来てみたい気もするが、今日もしっかりとお目付役付きだ。

(まあ、仁吉も佐助も奉公しているのだから、こういうときでなけりゃ、昼間遊びに出してあげる訳にもいかないし。いいか)

一緒なのもまた楽しい。袂《たもと》の中には馴染《なじ》みの妖、鳴家達も三匹ばかり入っている。人の目には見えないことを良いことに、若だんなの袖口から顔を出し、嬉《うれ》しげに、きょろきょろと目を動かしていた。

世の常から外れた者達と若だんなは、当たり前のように一緒にいた。長崎屋は昔から、妖と縁が深いからだ。若だんなの祖母おぎんは、実は皮衣《かわごろも》という大妖《たいよう》であった。若だんなの側《そば》を片時も離れない二人の手代達も、犬神《いぬがみ》、白沢《はくたく》という妖だ。

そんなわけで、若だんなは妖達を見ることが出来る。しかし大妖の孫であるにもかかわらず、出来ることはそれだけで、いささか情けない話であった。

「おでん燗酒《かんざけ》、甘いと辛いー。あんばーいよしぃ」

「すしゃぁー、小鰭《こはだ》のすしぃーっ」

「お兄さん、遊んでいきなよ」

「天麩羅《てんぷら》だよぉ、うまいよぉ」

若だんなは声につられて、通りに並ぶ屋台の店先を、せっせと覗《のぞ》き込んでいた。

(おでんに焼き烏賊《いか》、煎餅《せんべい》に汁粉、寿司《すし》、田楽、鰻《うなぎ》に天麩羅にまくわ瓜。ああ、みんな食べたいねえ)

だがぐっと我慢して、買わずにまた歩き出す。欲しいと言えば兄やである仁吉達は、端から全部買ってくれるに違いない。

だが問題は、それを若だんなが全《すべ》て食べなくてはならない、ということだった。

(一口齧《かじ》っただけじゃあ、許して貰《もら》えないだろうしねえ)

体が弱いことが、こういうとき恨《うら》めしい。若だんなは己の胃の腑《ふ》が、人の半分くらいの大きさしか無い気がしていた。おまけに休み癖がついている。

(まあ仕方がないさ。一つぐらいは食べてみせる。慎重に選ばなきゃね)

一方袖の中の連れは元気なもので、水茶屋の店先で炙《あぶ》った団子を目敏《めざと》く見つけ、きゃわきゃわ騒ぎ出した。鳴家達なら残す心配は無いと、若だんなが買い求めていると、後ろから更に手が何本か、団子に向かって伸びてきた。

「おや野寺坊《のでらぼう》、久しぶりだね。獺《かわうそ》もおいでかい」

色褪《いろあ》せ襤褸《ぼろ》になった僧衣を付けた男と、錦《にしき》を纏《まと》った美童の組み合わせが、笑いかけてきていた。何とも奇妙な二人連れは、若だんなには馴染みの妖だったが、この盛り場では不思議と人目を引かないでいる。

もう一度団子を買って二人に渡すと、更に新しい手が目の前に現れた。手妻《てづま》のように出てくる手が増えるものだから、横で佐助が笑い出している。見ればこれも妖の大禿《おおかぶろ》と付喪神《つくもがみ》の鈴彦姫《すずひこひめ》だ。

鳴家達がさっと若だんなの袖から出て、鈴彦姫達の腕に飛び乗った。小鬼らが貰った団子は、早くも串だけになっている。二人の分を、分けて貰いたいのだろう。

（この様子だと、もしかして……）

若だんなは通りに目を向け、ようく目を凝らしてみた。すると思った通り、沢山の魑魅魍魎《ちみもうりよう》が、平気で日の下を歩いている姿が道にあった。

「あれまあ、皆、大胆なことだね」

呆《あき》れていると、その声を聞きつけて更に何人か集まってくる。

「江戸広小路に町中の妖が集まっているように見えるよ。見つかったら、大騒ぎになりそうだね」

「おや、そうですか？」

そんなことをさっぱり考えないのが妖達で、若だんなを心配させる。

その内に野寺坊らは振り売りを呼び止め、おでんを食べ始めた。勿論支払いをするのは若だんなで、勝手な振る舞いに、佐助が渋い顔を浮かべている。だが妖達があんまり嬉しそうなので、若だんなは止めないでおいた。すると寿司屋と、ところてん売りまでちゃっかり呼んで、競うように食べ始める。

「ええと、一体どれだけ集まったんだい？　野寺坊、獺、鈴彦姫、大禿、おや、河童《かっぱ》もおいでかい。あれ、ろくろっ首とは珍しいね」

河童は笠《かさ》を目深《まぶか》に被《かぶ》って、顔を巧《うま》く隠している。ろくろっ首も今ばかりは、短い首のまま、蒟蒻《こんにゃく》にかぶりついていた。

「粋《いき》なお姉さんは、猫又《ねこまた》かい？　そこなお嬢ちゃんは……」

片手にしっかりと鳴家の小さな手を摑みながら、団子を食べている子供を見て、若だんなは首を傾《かし》げた。

「……どう見ても、普通の子供のようだけど」

その言葉に仁吉と佐助が、女の子の横にかがみ込んだ。直《す》ぐに目を見開いて、驚いた顔になる。

「こりゃあ……間違いなく人の子供ですね」

「たまげたね。人には普通見えない筈《はず》の、鳴家が見えているようだよ」

手代達の視線の先で、鳴家がきゅわきゅわと、困ったような声を上げている。どうやら女の子から離れたい様子なのだが、しっかりと摑まれていて、逃げられないみたいだった。

「小さな子供の内は人の子でも、普段人の目には見えない妖を、見る者がいるということです。この子には分かるのでしょう」

それから何とか鳴家を放して貰おうとしたが、巧くいかない。それどころか探しても、子供の連れが誰も見つからないことに気が付いて、若だんな達は、頭を抱えることになった。

「こんな小さな子供、盛り場でほったらかしには出来ないよ。女の子だもの、悪い奴《やつ》に見つかって、売り飛ばされてしまうかもしれない」

「それにしても何で子守りすら、いないのかのう？　わしら妖が探しているんだ。探し出せそうなものだがの」

首を傾げているのは野寺坊だ。妖の中には目がいいのも、耳が聡《さと》いのもいる。路上にいた者まで動員して探しに出たのに、妖らは子を探す親や子守りの姿を、見つけられないでいる。つまりこの辺りには、この子を知る者がいないらしい。

「だとすると自身番に預けても、この子、親とは会えないかもねえ」

一番近くにある自身番にも妖をやったが、今のところまだ子供を探す親は、尋ねて来ていない。それにしても、どうしてこんな場所に、小さな女の子が独りぼっちでいたのだろうかと、皆が於りんを見つめていた。

「これから、どうしようか……」

鳴家は於りんに、未《いま》だに手を摑まれたままだ。他の妖らは人探しのご褒美にと、また団子やおでんをもらって、嬉しそうに食べていた。

2

「桜色の着物が似合うかねえ。それともこっちの、麻の葉模様がいいかしら」

長崎屋の奥の居間で、おかみのおたえが楽しそうな顔をして、己の若い頃の着物を子供に当ててみている。どうやら子供用に仕立て直す気だとみて、側の火鉢脇に座った若だんなが、ため息をついた。

「おっかさん、私が連れてきたのは、着せ替え人形じゃあ、ありませんよ。迷子です」

どこに預けたら良いのか決められず、結局長崎屋へ於りんを連れてきてしまったのだ。残った妖達が今頃もう一度、於りんの親を探している筈であった。

「そんなことを言ったって、しばらくこの店に居るとなれば、着替えも入り用だろうに」

おたえは若だんなが連れ帰った子供を見るなり、せっせと世話を焼き始めていた。どうやら若だんなが大きくなってしまい、もう振り袖を着せられないことが、つまらなかったらしい。

「やっぱり女の子は華やかでいいねえ。妹がいれば良かったのに。そうだ一太郎、お前この子を、嫁に貰わないかい？」

「おっかさんが言うと、冗談に聞こえないから、怖いですよ」

「おや、何で冗談なんだい？」

「……この子はまだ、五つ程でしょうが！」

「そういえば、お前の嫁にはちょいと、小さいかねえ」

おたえは華やかな着物を手にしたまま、酷《ひど》く残念そうに言う。部屋の隅に座っていた仁吉が、こらえきれずに小さく笑っていた。

「全くおっかさんは、時々とんでもないことを、言うのだから」

半分妖の血が入っているせいであろうか、子供の一太郎ですら驚くようなことを、おたえは平気で口にする。こういうときは、生真面目《きまじめ》な父の日頃の苦労が偲《しの》ばれて、涙が滲《にじ》んでくる一太郎であった。

ところがそこに当の長崎屋藤兵衛《とうべえ》が、にこにこと笑いながら現れた。手にしているのは、華奢《きゃしゃ》な花かんざしだ。

「おたえや、於りんに、これなんかどうかね」

「あれ、かわいいこと。お前さん、これは似合いますよ、きっと」

父親がおたえの着せ替え人形ごっこにつき合う気と見て、若だんなは涙なぞ吹っ飛んでしまった。おたえはいそいそと簪《かんざし》を受け取ると、於りんの頭の物と差し替えている。於りんが嬉しそうな声をあげた。花かんざしが気に入ったらしい。若だんなは父親に近づき、日限《ひぎり》の親分を呼んでくれたのかと、確認をした。

「小僧に委細を書いた手紙を届けさせたから、親分さんはおっつけ、於りんの家を調べ出してくれるだろうよ。良いところの子供みたいだから、直ぐに分かろうさ。でもねえ、おたえがあんなに喜んでいるんだもの。もう少し、あの子はここにいても、良いと思うんだが……」

「駄目ですよ、おとっつぁん」

「だって、ああして子供と遊んでいるおたえも、可愛《かわい》いじゃないか」

「於りんちゃんの両親が、心配してますよ。放っておいちゃあ気の毒でしょうが」

「ああ、それはそうだねえ」

若だんなは父親の返事を聞いて、畳に両の手を突き、大きくため息をついていた。その姿に両の親が、これは息子が病になったかと心配の声を上げる。若だんなは慌《あわ》てて、しゃきりとした姿勢をとった。

（どうしておとっつぁんは、商売以外のことになると、人柄が変わってしまうのかねえ。仕事をしているときは、ぴしりとしているのに）

不思議と、腹違いの兄松之助に対しては、冷たいというのではないが、未だに他人行儀だ。なのに母や若だんなのことは、思いつく限りに甘やかしてくる。

（おっかさんが今も綺麗《きれい》なのは、間違いないけどさ）

しかし！　若だんなは時々父親の言葉の中に、男と女の不思議を垣間見《かいまみ》る気がするのだ。

（おとっつぁんときたら、おっかさんのすることに、見境無く賛成するんだから。あれはいただけないよ。日頃から好き勝手をされて、苦労しているだろうに、懲《こ》りていないというか……）

若だんなは於りんを挟んで笑いあっている両親を見て、もう一度ため息をついた。

白沢という大妖である手代、仁吉と比べても、おたえは世間一般から妙に外れているところがある。おたえは人であるのだし、悪気は無い。しかも長崎屋が大店《おおだな》で大金持ちであるだけに、それで暮らせているのだ。

だが犬神である佐助や、ひねくれた口をきく屏風《びょうぶ》のぞきですら、おたえよりは真っ当に見える日があるから恐ろしい。

それが半分妖の血を引いているせいだとすると、若だんなが生まれる前に亡《な》くなった祖母おぎんは、一体どういう人柄だったのかと、冷や汗が出てくる。祖父のことは覚えていたが、真っ当な優しい人だったように思う。

(しかしおじいさまは、大妖のおばあさまと恋をして、駆け落ちしたんだよね。武士だったのに、家も身分も何もかも捨てて)

律儀《りちぎ》で静かな人に見えていたが、内には山が噴火するときのような、激しいものを秘めていたわけだ。若だんなは不意に不安になって、己の体をぱたぱたと手で叩《たた》いてみた。

(この身にも、そんな思いが詰まっているのかな?)

あの父の子供であり、祖父の血も引いている訳だ。おまけに祖母と母の血筋でもある。今に蝦夷《えぞ》地にまで駆け落ちして行きたい相手を、どこぞから調達してくる運命かもしれない。

(でも私がそんなことをしたら、直ぐに風邪をひいて、死んでしまいそうだね)

出奔しても、祖父のように一代で店を作るとまではいきそうもなく、情けない。若だんなが考え込んでいると、店表から小僧が走ってきて、通町が縄張りの岡っ引き、日限の親分の来店を知らせた。

「あれまあ、もう於りんちゃんと、別れなくっちゃならないのかい?」

おたえが残念そうな顔を浮かべている間に、馴染《なじ》みの岡っ引きが廊下に姿を現す。頼み事をしたのが大店の長崎屋であれば、礼金がたっぷりと出ること保証付きの良い話なのに、何故《なぜ》だか顔色が、ぱっとしなかった。

「はあ? 於りんちゃんの家が、分からなかったんですか?」

居間の隅に座り込んだ岡っ引きからの報告に、若だんなだけでなく、皆が目を見張っている。どう見ても於りんは、大層裕福な町人の子供だ。顔の広い岡っ引きならば直ぐに家を突き止めて、親を連れて来るかもしれないと思っていただけに、この話は驚きであった。

「余程遠くから歩いて来たのかね」

「それでね、於りんちゃんにもうちょいと、話を聞こうと思って来たんですよ。おっかさんの名前とか、親の仕事のこととか、何か思い出すこともあるでしょうからね」

長崎屋藤兵衛の頼み事とあって、何とかすぱりと解決したい日限の親分は、期待の目を於りんに向けた。ところが当の子供は口をつぐみ、頑として何も話さない。

「於りんちゃん、おじさんはごつい顔をしているけれど、中身は優しいからね。話しても大丈夫だよ」

岡っ引きは精一杯の猫なで声を作るが、それが怖かったのか、於りんはおたえの後ろに隠れてしまう。その後は、何を聞かれても首を振るばかりだった。

そこに部屋の隅から声をあげたのは、仁吉だった。こちらは、天上天下に大事なのは若だんなだけだから、幼子を見る目も冷静であった。

「どうも妙ですねえ。言ってはなんですが、この子くらい大きくなれば、もう少しは分かっていることがあっても、いいはずです。そろそろ手習いに行っていても、おかしくはない年頃ですからね」

「それはそうだよね。ねえ、於りんちゃん、もう寺子屋には、行っているの？」

若だんなの問いにも、於りんは唇をしっかりと閉じて答えない。わざと黙っている様子を察して、居間の皆は目を見合わせた。

そこに、若だんなのもう一人の兄《にい》や、佐助が江戸広小路より帰ってきた。妖達は常識に囚《とら》われず、岡っ引きよりもいい加減に、あっちこっち調べていたらしい。その分、於りんの情報を摑《つか》めたようであった。

「それがね、一人で橋の袂《たもと》にいる子供を見た人が、何人もいたんですよ。綺麗な紅の着物を着ていたと言うんですが」

「日本橋の北から来たということか」

日限の親分が、ぽんと手を打った。あちらにも大店は多くあった。そういうことなら、知り合いの岡っ引きに声を掛けてみようと立ち上がった親分を、何故だか佐助が止める。

「親分さん、それじゃあ、方角違いで」

「なんだい、日本橋じゃなくて、江戸橋の方だったのかい?」

「そっちでもないんですよ。実は於りんちゃんが渡ったのは、永代橋《えいたいばし》らしいんで」

その言葉に、一寸部屋に驚きが走った。

「ずいぶんと、江戸広小路からは離れたところに架かっている橋だよ。永代橋の袂から、人に紛れて日本橋へ向かう船にでも、乗り込んでしまったのかね」

そう言って藤兵衛が、黙ったままの於りんの顔を覗《のぞ》き込んでいる。

永代橋は隅田川の一番海近くに架かる、長さが百十間もある大きな橋だった。町民が維持している橋なので、渡橋銭が二文必要なはずだが、幼いから人に紛れて渡ってしまったのかもしれない。永代橋を東へ向かって渡れば、先に広がるのは深川の地であった。

「さすがに深川までは、探しに行っていませんや。ならば直《す》ぐに船で行ってきましょう」

長崎屋藤兵衛の前では、いつもよりも岡っ引きの尻が大層軽い。立ち上がった親分の足を、突然幼い声が止めた。

「お家《うち》に戻っては駄目なの。於りんは帰らないの」

そう言って、しっかりとおたえの着物の端を摑んでいる。母がしゃしゃり出て、事がややこしくなる前にと、若だんなが於りんに顔を近づけわけを聞いた。

「どうしたの？　家で誰かに叱《しか》られたのかな？」

頭の花かんざしを揺らしながら、於りんが若だんなの顔を覗き込んだ。大きく深い夜のような黒目が、そこにあった。

「帰ったら、於りんは殺されるんだって」

一寸、部屋内は静まりかえり、誰の声も聞こえなかった。

3

日限の親分が、川向こう、深川の岡っ引きと連絡を付けた後は、大した手間もなく子供の身元が知れた。於りんは深川でも大きな材木問屋、中屋の娘であった。見慣れぬ材木商の多い深川では、道沿いや堀沿いに、丸太が数多杭《あまたくい》に立てかけてある。於りんを送り届けに行った。風景に目を見張りながら、若だんなは岡っ引きや手代の仁吉と船に乗って、於りんを送り届けに行った。

中屋では真っ先に、於りんの叔父に当たる正三郎という男が店表に飛び出してきた。姪《めい》の無事な姿を見るなり、大きく一つ、安堵《あんど》のため息を漏らした。膝《ひざ》を折って、店先で頭を下げる。

「於りんの姿が見えず、店中で探しておりました。連れて帰っていただいて、本当にありがとうございます。長崎屋さん？　日本橋を渡った先の通町のお店！　於りんはそんなところまで、行っていたんですか」

若だんなは店表で挨拶《あいさつ》を済ませた後、さっと中屋の周りに目を配った。だが飛び出してきて、於りんを殺そうという者など居そうもない。物騒な雰囲気は微塵《みじん》もなかった。仁吉も頷いている。

これならば危ないこともなかろうと、若だんなはしゃがみ込んで、於りんに向き合った。

「家に帰って来たよ。於りんちゃん、大丈夫だと思うかい？」

小声で聞いてみると、帰りたくない訳ではなかったらしく、於りんもほっとした顔をしている。

「おじちゃん、ありがとう」

にこりと笑うと、若だんなにきちんとお礼を言って、そのまま女中に伴われ、店の奥に消えて行った。後に呆然《ぼうぜん》としている若だんなが残った。

「おっ、おじちゃん？」

十八にして『おじちゃん』の仲間入りをした若だんなは、隣で笑いをかみ殺している岡っ引きに引っ張られるまま、仁吉と共に店表に近い一室に向かった。そこで改めて正三郎の挨拶を受ける。正三郎は言葉だけでなく、なにがしかを包んだらしい、袱《ふく》紗《さ》も素早く用意していた。

「本来ならば兄たち、中屋主人夫婦がご挨拶すべきところではありますが……実は於りんが居なくなってしまったものですから、おかみが心配の余り、具合を悪くしましてね。奥が取り込んでいまして。申し訳ありません」

正三郎が手を突いて深々と謝ってくる。於りんの叔父は二十代半ばというところで、大層人当たりが良かった。仁吉のように顔が整っているというのでは無かったが、顔つきにも物言いにも愛嬌《あいきょう》がある。もの柔らかで、なかなかに人の気を逸《そ》らさない男であった。

「それで……些少《さしょう》ではございますが、これは中屋からの、本日のお礼ということで」

おまけに出てきた謝礼は、どう見ても小判だ。岡っ引きにはこの後長崎屋からも、なにがしかの金品が礼として出るはずで、日限の親分の顔は嬉《うれ》しげに緩んでいる。

しかし若だんなの方は、未《いま》だに於りんの『殺される』という言葉が気に掛かって仕方がない。だから金子《きんす》よりも正三郎の目の横に、殴られたような薄青い痣《あざ》がついているのが気になった。若だんなが仁吉に目配せをすると、万事心得た手代は、いつも若だんなのために持ち歩いている、外出用の合財袋を懐《ふところ》から取り出す。若だんなはその中から貼《は》り薬を選び出して、正三郎に差し出した。

「長崎屋は薬種問屋も兼ねていましてね。これは真黄柏膏《しんおうばくこう》と言って、打ち身に効く貼り薬です。使って下さいな」

「これはお恥ずかしい。まだ分かりますか」

正三郎は顔に手を当てると、小さく苦笑している。その様子に頓着《とんちゃく》せず、仁吉が腕にも赤いみみず腫《ば》れがあることを指摘すると、さすがに決まりが悪かったのか、さっと手を隠した。

「その……次男坊の私には今、養子の話があるんです。だがそれを聞いて、悋気《りんき》をおこした女がいましてね」

派手にやられたらしい。正三郎はいかにも要領がよさげに見えたから、上手《うま》く女と別れたのだろうが、それなりの痛手を被《こうむ》ったと言う訳だ。ありそうな話ではあった。

（まさかとは思うけど……その諍《いさか》いを、於りんちゃんが見たのだろうか。それで怖がっているのかな）

邪推をすれば、山のように話は作れる。しかしそれでは埒《らち》があかないので、若だんなは知りたいことをはっきりと口にした。

「実は長崎屋にいたとき、於りんちゃんが、なかなか中屋さんの名を言ってくれませんでね。どうしてかと理由を聞いたら、『帰ったら、於りんは殺されるんだって』そう言うんです」

両親が心配をしていると思ったから、直ぐに連れて来はしたが、このまま長崎屋に戻っては、於りんの言葉が気に掛かってしまう。理由が分かるものなら説明して欲しい。

若だんなにそう言われると、正三郎の顔から一寸表情が消えた。だが直ぐに人当りの良い顔に戻ると、ゆっくりと頭を掻《か》いている。

「於りんがそんなことを言ったんですか。理由は……分かります。ですが……出来たら口外しないで頂けると、ありがたいんですが」

一つ頭を下げて、あっさりと話し出したところによると、最近中屋が狐《きつね》に憑《つ》かれているという噂《うわさ》があるらしい。その為《ため》中屋では、店脇《わき》に稲荷《いなり》を建てて貰《もら》っている最中だという。

「そのことを、於りんの乳母、おさいが大層気にしていました。おさいから狐の話を聞くなりして、於りんが怖がったのかもしれません」

若だんなが仁吉の方をちらりと見ると、妖《あやかし》である手代は首を振っている。狐は中屋にいはしない。どうやら狐に祟《たた》られているというのは、ただの噂らしかった。

一応説明はされた。きちんと礼も受けた。こうとなったら、後は帰るしかない。若だんなは正三郎に挨拶をして立ち上がったときに、袖口《そでぐち》から鳴家《やなり》を二匹ばかり、畳の上に落とした。於りんは鳴家を見ることが出来る。何か危ないことがあったら於りんを連れ、近くの稲荷に逃げ込むよう、鳴家には言い含めてあった。そこなら若だんなの祖母、皮衣を知る狐の一族に、助けて貰えそうだからだ。

部屋を出ようとしたとき、店表の方で大きな声が上がった。何事かと皆で顔を見合わせていると、奉公人が正三郎のところに走ってくる。

「大変です！　おさいさんがとんだことに！　乳母やさんの死体が堀の岸辺に浮かんでいたと、今知らせが入って……」

正三郎の顔が、漉《す》いたばかりの紙のように白くなった。立ちつくす若だんなの頭に、於りんの言葉がまた浮かんでくる。

『帰ったら殺される』

ただし死んだのは、於りんでは無かったわけだ。

外に走り出た正三郎の後に付いていくと、店から少し離れた堀端に、小さな人だかりが出来ていた。その場を仕切っていた男は孫蔵と言って、深川の岡っ引きだという。於りんのことで、人づてに世話になったらしく、日限の親分が人をかき分けて挨拶に行った。

「じゃあ、お前様が通町の清七《せいしち》親分さんか。於りんちゃんの方は無事なんだな。江戸広小路で見つかったって？　ということは、今日この乳母やとは一緒にいなかったのかね」

孫蔵はずぶ濡《ぬ》れになって強《こわ》ばっている水死体を見下ろしている。乳母と言うから、長崎屋にいるおくまのように、四十路《よそじ》近い女を想像していた若だんなだったが、おさいはまだ若かった。生きていた頃は、そこそこ綺麗《きれい》だったのではないだろうか。

「切られたとか、首を絞められた跡はない。おさいさんには入水《じゆすい》するような理由があったかい、正三郎さん」

いきなり話を振られて、正三郎は体をびくりと震わせ、黙って首を振った。孫蔵は大きく一つ、ため息をついた。

「こりゃあまた、狐の仕業だと噂が広まるな。それでなくとも中屋さんはここのところ、近在の噂の的だ。夜中にとんでもない奇声が聞こえるとか、奇妙に踊る人影を見かけるとか、変な話には事欠かない。おまけに死人まで出ちゃあ、大騒ぎだ」

孫蔵の話しっぷりは、大店《おおだな》の者相手でも遠慮がない。岡っ引きの妻は働いているのかと若だんなが聞くと、一膳《いちぜん》飯屋を営んでいるはずだと、清七親分が答えた。

(成る程ねえ、袖の下を当てにしていないんで、はっきりした物言いが出来るんだね。ということは、今の話は本当なんだ)

今、中屋は奇妙な噂に包まれているらしい。その上一人っ子は恐ろしく遠い場所で迷子になった。乳母は堀で水死した。

『帰ったら、於りんは殺されるんだって』

於りんの言葉が、また若だんなの頭を過《よ》ぎる。

(これはまだ手を引いちゃあ、いけないかもしれないね……)

だがここでよそ者が、水死体に妙な関心を示しても、岡っ引きにうっとうしがられるだけだ。それに仁吉がそろそろ、若だんなに心配げな目を向けてきていた。立ちっぱなしでいると、倒れるのではないかと思っているのだ。

一旦《いったん》引くつもりで暇乞《いとまご》いをしようと、正三郎に向き合う。だが若だんなは咄嗟《とっさ》に言葉を失ってしまった。中屋の方から、こちらを目指して走ってくる女を見たのだ。

ただの女ではなかった。

頭に巨大な花かんざしを挿《さ》し、着物は赤地に大胆な牡丹《ぼたん》模様の振り袖だ。それを振り乱して駆けてくる。顔が分かるほど近寄ってきたとき、若だんなは一層驚きに包まれた。

(あ、妖だろうか。いや、人だよ。でも、土蔵の塗り壁が付喪神《つくもがみ》となって、孫をこさえたのかもしれないね)

女は左官に鏝《こて》で塗って貰ったかのように、分厚く白粉《おしろい》を塗り立てていた。紅も何度も濃く重ねたせいだろう、玉虫色にてかっている。その上眉《まゆ》は不自然なまでにくっきりとかかれ、目尻《めじり》には派手に紅が挿されていた。圧倒的な迫力だ。

だが不思議と周りの者らは、騒がない。どうやら近辺では知られた顔らしいと納得したとき、女は若だんなの直ぐ前で立ち止まった。正三郎が女に声をかける。

「お雛《ひな》ちゃん、来ておくれか」

そう言うと、そっと女の手を握っている。

（お、お雛ちゃんという名なのか……）

雛人形に似ているのは、人らしく見えない程白い肌だけだ。若だんなが目を拳《こぶし》ほどの大きさに見開いていると、正三郎が振り向き、女を紹介してきた。

「こちらは紅白粉問屋、一色屋のお嬢さんです。私の許嫁《いいなずけ》でして」

「これは……初めまして」

若だんなはお雛から巧みに視線を外して、お辞儀をした。余りにもの凄《すご》い化粧を見続けていたら、驚いているのを気取られてしまいそうだ。仁吉は冷静そのものだったが、隣で日限の親分がお雛の方を向いたまま、顔を赤くしている。言いたいことを必死に、腹の中に押さえ込んでいるのだろう。

「あ、あたし、今店に顔を出したら、おさいが死んだって聞いたの。於りんちゃんは無事なの？」

お雛の物言いは、奇妙に芝居がかったものに聞こえた。それに正三郎が、優しく答えている。日限の親分の顔が、益々《ますます》赤味を増してきたので、若だんな達は早々にその場を辞した。

4

「いつもいつも一番がいいと、我《わ》が儘《まま》ばっかり言ってるんじゃないよ。今日はあたしがまず言うのさ」

「先に帰ってきたのは、こっちですよぅ」

「それは、われの方じゃないか」

「おや、誰も報告しないのかい。ならばわしが先に言うぞ」

数日後、若だんなが寝起きしている長崎屋の離れでは、妖達が団子状態になって揉《も》めていた。早く話が聞きたい若だんなは、文机《ふづくえ》にもたれ掛かってため息をつきながら、喧嘩《けんか》が終わるのを待っている。それを見た佐助が怖い表情を浮かべた。

そのままものも言わずに、懐から取り出した手ぬぐいを、鞭《むち》のように一振りする。

途端、「ぎゃわっ」という声と共に、妖の塊が解《ほぐ》れて、ばらばらと畳の上に転がった。

「中屋について調べて欲しいと、若だんなから頼まれただろうが。さっさと話せ！ ぐずぐずしていると、餅《もち》も酒も、ものもらいにやってしまうぞ！」

大勢妖が集まるというので、二間続きで開けられている部屋の隅には、今日も若だんなが美味《おい》しいものを用意してくれている。妖達は直《す》ぐに聞き分けが良くなって、順に調べたことを、報告し始めた。

「中屋は深川でも名の知れた材木問屋だったよ。商売は大きくて手堅いと評判だ。儲《もう》かっているらしいね。金には困っていないよ」

まず口を切ったのは屏風《びょうぶ》のぞきで、先を越された鳴家が、恨めしそうな顔を浮かべている。話が途切れた途端、直ぐに話を継いだ。

「於りんちゃんは、貰いっ子です。中屋主人の妹の子供なんです。おかみには男の子がいたんだけど、小さい頃、疱瘡《ほうそう》で死んだそうで。その後子が出来ないので、貰ったとか」

「おや、於りんちゃんは実の子じゃないんだ」

それが今回の迷子騒ぎと、関係して来るだろうか。若だんなは未《ま》だ何とも言わず、先を聞いた。

「あの、あたしは最近おかみにまた、子が出来たって聞きましたけどね」

そう話し出したのは、猫又だ。色っぽく襟足《えりあし》を抜いた、端唄《はうた》か三味線の師匠のような姿で登場していた。ちらちらと仁吉の方へ目を向けるのだが、当の手代は若だんなのために、せっせと熱い茶を淹《い》れている最中であった。

「おや、わしゃあ近くに住む婀娜《あだ》な年増から、去年その話を聞いたと打ち明けられたよ。なのに子供の声がしないから、どうしたのかと思っていたとさ」

そう言ったのは野寺坊だ。この話も、狐に祟られているという噂の原因になったらしい。

「一体、赤子はいるのか、いないのか。もし本当に跡取りが他に出来たのなら、於りんがいらなくなったのかも……」

仁吉が考え込んでいる。しかし若だんなはこの考えに、首を縦に振らなかった。

「お待ちよ。子が生まれた様子は、まだ無いのだろう？」

若だんなが、中屋から帰ってきた鳴家達に確認したが、おしめは干されていないらしい。

「もし本当に、おかみが懐妊中だとしても、中屋が今、於りんをどうこうするのは、おかしいと思うよ」

中屋夫婦は以前一人、幼子を亡《な》くしている。子は育ちにくいのだ。数人に一人は、大人になれないのが普通だった。まだ人になりきっていないせいだと、言われている。新たに子が出来たからといって、せっかく妹から貰った子を、いきなり捨てるなど考えられなかった。皆、出して貰った茶を飲みながら、唸《うな》っている。

「於りんちゃんは妹の子だという話なんですが、実は中屋主人には妾《めかけ》がいて、その女の子供を引き取ったという噂もありました」

この話を出してきたのは、大禿《おおかぶろ》だ。人型を取っている妖達は、大活躍であった。

「別から聞いた話じゃあ、死んだ乳母のおさいには、好きな男がいたってことです。その相手は、あの正三郎らしいです」

正三郎は中屋近辺では知らぬものが無いほど、女にもてていたという。まめで優しいところが、そこいらの顔の良い男よりも、女の気を引いたのだ。それが最近結婚が決まったので、女達は最初、大粒の涙を流したらしい。その噂は鳴家達も摑《つか》んでいた。

「ところが暫《しばら》くして、中屋を許嫁が訪ねて来た。それが、あのお雛さんでしょ。風向きが変わったらしいです」

鳴家の言葉によると、身代《しんだい》に引かれ結婚を決めた男として、女達の評判は下がった。だが男らの評価は上がったのだ。将来のため、あの厚化粧の許嫁でも良いと割り切ったとは、いっそ見上げた根性だ、というのだ。

「若だんな、お雛さんとやら、そんなに凄い顔だったんですか？」

聞いてきたのは獺《かわうそ》で、こちらは今日も一際《ひときわ》綺麗に身を整えている。

「私には、お雛さんの顔は分からないよ」

「えっ？　若だんなは挨拶《あいさつ》をされたんでしょう？」

「だって、あのお人が白粉を落としたら、きっと見分けがつかないだろうしねえ」

「ええ。あそこまで作ってあっては、元の顔は勝手に思い浮かべるしか、無いでしょうね」

仁吉も笑って頷《うなず》いている。鳴家が一言、

「漆喰《しっくい》の塗り壁に、目鼻口を書いた顔」

そう説明したので、皆納得した様子だ。

若だんなが茶を手に取ると、仁吉がお茶請けにと、木鉢に盛られた笹餅《ささもち》を勧めてくる。若だんなより先に手を出そうとした鳴家が、仁吉に指で弾《はじ》かれてしまった。可哀《かわい》そうになって一つやったら、部屋中から妖達の手が出てきた。若だんなが笑い出す。

「こりゃあ笹餅だけじゃあ、足りないよ。佐助、構わないから食べ物を皆に配っておくれ」

「まだ話半分ですよ」

「大丈夫、食べながらでも話せるわさ」

野寺坊が請け合っている間に、鳴家《やなり》達は南蛮煮の大鉢の中に、頭を突っ込んでいる。芋飯や茄子《なす》のしぎ焼き、車海老《えび》の鬼殻《おにがら》焼き、叩《たた》き牛蒡《ごぼう》などが、大きな酒の貧乏徳利と共に回されると、妖らの口は大層良く回るようになった。

「中屋主人の弟、正三郎だが、あの男が中屋を継ぐという話も、以前あったらしいぞ」

野寺坊は、まず酒を確保している。

「なのに何故《なぜ》、養子を貰う話に変わったんです？」

「歳《とし》が近すぎるからねえ。中屋主人と五つほどしか違わないはずだ。そうだろう？」

「その通り。それで中屋は於りんを貰った」

誰がどの妖と話しているのか、部屋のあちこちから質問が出て、答えを思いついた妖が答えている。若だんなは塩味の芋飯を食べながら、大人しくそれを聞いていた。

「だが正三郎には、お店《たな》の主人になりたいという気持ちが、あったみたいだね。お雛さんという娘は、とんでもない見てくれだが、大店の家付き娘だというじゃないか。結婚すればいずれ主人となれる」

「そうか……分かったぞ！」

ここで興奮した声を出したのは、ぐい飲み片手の屏風のぞきだった。石畳模様の着物の裾《すそ》をからげ、大見得を切る。今から今回の一件の謎《なぞ》を説明するから、耳を済ませてようく聞くようにと言い、皆の注目を浴びた。

「分かったんだよ。赤ん坊は本当に出来ていたんだ。しかも孕《はら》んだのは、おかみじゃない、きっと乳母、おさいの方だったのさ」

「ははあ、おさいは正三郎を憎からず思っていたという噂《うわさ》だったね。ではあの男が父親か」

「だが正三郎にしてみれば、婿《むこ》入りが決まったところだ。乳母に話を壊されては堪《たま》らない。堀端に女を呼び出し、赤ん坊を中条流でおろす、おろさないの話になって、つい手に力が入った！」

「哀れ、おさいは堀に落ち、そのまま帰らぬ人となったのでありましたぁ」

最後は獺が講釈のように、節を付けて喋《しゃべ》ったものだから、部屋の内が大きく沸いた。今の話で一件解決だと、すっかり良い気分に浸っている屏風のぞきに、若だんながのんびりした声で、一つ質問をする。

「それで、乳母と正三郎さんが争うと、於りんちゃんが何で迷子になるんだい？」

「そりゃあ……乳母の目が離れたんで、勝手に店から外に遊びに出ちゃったんでしょう、きっと」

「深川で迷子になったのなら、分からないこともないが……見つかったのは、かなり遠い江戸広小路だよ。それに、於りんちゃんは『帰ったら、於りんは殺されるんだって』と言っていた。二人が於りんちゃんを殺す理由など、無いと思うんだけどねえ」

「若だんな、事件を解決しようと思ったら、都合の悪いことを、思い出しちゃあいけませんや」

鳴家から説教をくらい、若だんなは苦笑しながら残りの飯を食べている。そこに猫又が、また別のことを思いついた様子だった。

「じゃあ、こういうのはどうです？　中屋の主人夫婦は、どうしてだか若だんな達の前に、姿を現さなかった。実は正三郎に殺されていて、もうこの世には、いないんじゃないですかね。於りんちゃんはそれを察して、怯《おび》えているんですよ」

さあどうだと、猫又は胸を張る。妖らも一斉にどよめいた。しかし、これにも若だんなが首を振った。

「中屋の主人夫婦の姿が消えていたら、あの遠慮のない深川の岡っ引き、孫蔵親分が直ぐに調べただろうよ」

横を向き、主人夫婦を見なかったかと、中屋にいた鳴家に聞いてみた。

「いましたよ。奥の部屋に」

あっさり返事が返って、この話もまた立ち消える。

結局、これというものが出ないまま、段々と妖らに酔いが回って、すっかり宴会そのものに化け、話しあいにならなくなってしまった。先に飲み食いさせるからですよと、仁吉が眉間《みけん》に皺《しわ》を寄せている。

「まあいいじゃないか」

若だんなが笑って、茄子の皿に手を伸ばす。食欲があると見て、途端に兄やの機嫌が直った。

5

二日後、薬種問屋長崎屋の店先に、正三郎の許嫁、お雛が顔を出してきた。すぐ奥の相変わらず一際目立つ化粧に、声にならないどよめきが店の中を走った。

六畳間にいた若だんなが、応対に出た。

「今日は正三郎さんから頼まれて、伺ったんです。先日は於りんちゃんを助けていただいて、ありがとうございました。中屋の主人夫婦が、直ぐにでもお礼に伺うべきところなんですが、今おかみさんの具合が悪いもので、とりあえず私が代理で」

そう言って、風呂敷《ふろしき》包みを差し出してくる。お雛を見たとき、母が何を言い出すか心許《こころもと》なかった若だんなは、お雛を素早く離れに導いた。

「於りんちゃんは、あれから元気ですか？」

「はい。おさいが死んでしまったので、急いで来てもらった乳母には、まだ慣れないみたいですが」

驚く程突飛な外見にもかかわらず、向かい合って話し出すと、お雛はいたってまともであった。きちんとした受け答えが出来る上、話をよく摑んでいる。若だんなは、お雛の評価を改めた。佐助が運んできたくず餅を勧めた後、少しばかり聞きたいことがあるが、いいだろうかと、お雛に切り出してみる。

「正三郎さんからお聞きですか？　於りんちゃん、迷子になってこの家にいたとき、『帰ると殺される』というようなことを言って居るんですよ。何か心当たりがお有りですか」

「……まあ、そんなことを言っていたんですか」

お雛が返事をするまでに、僅《わず》かに時が掛かった。しかし何も出ては来ない。口は堅いようだ。

「これはただの噂なんですが……中屋のおかみさんに、赤子が出来たという話を耳にしたんですが」

「あら、根も葉もない話ですよ。最近中屋の周りでは、勝手な噂話をこさえる人が多いんですって」

「それじゃあ、中屋が狐《きつね》に祟《たた》られているという、あの噂も根拠のない話なんで？」

「江戸には数多《あまた》お稲荷《いなり》様がおわします。お狐様はお稲荷様のご使者。あれだけ稲荷が多いと、お忙しいでしょう。人を祟っている暇なぞ、無いと思うんですけど」

（へえ……面白い返事だ）

その言い方も、ぱりっとしていて小気味よい。

「中屋のご主人に、妾がいるという話もありました。あれも嘘《うそ》ですかね？」

「七兵衛《しちべえ》さんは、おかみさん一筋ですよ。おかみさんを貰《もら》うとき、周りに反対されたんだそうですが、意志を通されたとか」

「反対された？　それはまた、どうして？」

お雛が小さく唇を嚙《か》んでいる。言いたくないことを、うっかり口にしてしまったのかもしれない。そんな風に表情を動かすと白粉《おしろい》が割れて、お雛の顔から剝《は》がれ落ちそうで、若だんなは怖かった。だが寸の間の後、お雛はゆっくりと口を開いた。秘密にすると却《かえ》って大げさになると判断したようだ。

「おかみさんが子供の頃、母親が狐憑《つ》きになって亡くなったそうなんです。それでおかみさんは、なかなか縁談がまとまらなかったとか」

皆、少しでも良い縁を求めているから、と言ってお雛はうっすらと笑っている。人ごとではないと感じているのかもしれない。この外見では、お雛も縁談をまとめるのは、大変だったに違いない。

(だが大層女に人気があるという正三郎さんは、このお人を選んだ。決め手になったことは、何だったのか……)

お雛は家付き娘だが、正三郎ならば、他にもそういう相手はいたに違いない。

(中屋には分からないことが多いよ。於りんちゃんが恐怖を感じていたことと、それが結びつくんだろうか)

それ以上は、当たり障《さわ》りのない答えしか返って来ず、程なくお雛は帰ることとなった。店表でもう一度挨拶をしていると、滅多に薬種問屋の方には来ないおたえが、ひょっこりと顔を出す。

「おっかさん、どうなすったんですか？」

「中屋さんのお使いが見えたと聞いたから。於りんちゃんは来ていないのかい?」

どうやらお雛一人しかいないと分かると、がっかりしたような顔を見せる。だが不思議と、お雛の化粧のことは気にならない様子で、ごく普通に挨拶をしている。それが分かったのか、お雛も気楽な感じで話し出した。

「於りんちゃんを待っていたんですか。また連れてくる機会があったら、いいですね。うちの店、一色屋は日本橋を北に渡った所にあります。正三郎さんが婿に来てくれたら、於りんちゃんも深川から遊びに来たりするでしょう。一色屋からなら、ここもそう遠くないですよね」

「あらうれしい。於りんちゃんは可愛《かわい》いからねえ。いっそ息子のお嫁に欲しいと思っていたんですよ」

「……もう少し大きかったら、於りんちゃん、直《す》ぐにでもこちらに、置いていただきたかったんですが」

「へえっ? ちょいと、お雛さん……」

若だんなは店先で話し込む女二人の会話を聞いて、驚きのあまり、しゃっくりを起こしそうになった。五つの子供の嫁入り話が、不思議だと思われていないことが怖い。

(私の感覚が、世間様と離れてしまったのだろうかね)

「あら、一太郎さん、於りんちゃんは六つなんですよ」

「お雛さん、そういう問題じゃないんです」

若だんなが困り切っている間に、お雛は白壁のような顔に笑みを浮かべて、帰ってしまった。機嫌の良さそうなおたえも奥へと去る。

おしゃべりがつむじ風のように、店先から消えた。若だんなの心の中には、引っかかることが残っていた。


「嫁でも貰いっ子でもいいから、於りんを長崎屋に引き取ろうと思う」

翌日の朝、若だんなは離れでの朝餉《あさげ》が終わると直ぐ、突然二人の手代にそう言い放った。

寸の間、部屋は静かだった。だが佐助はお膳《ぜん》を火鉢の脇《わき》にどけると、寝間に布団《ふとん》を敷き直す。仁吉は若だんなの額に手を当ててきた。

「何やっているんだい、別に熱は無いよ」

「じゃあ、急に齢《よわい》六つの嫁が欲しくなった理由は、何です?」

兄《にい》や二人が膝《ひざ》詰めで聞いてくる。

「昨夜、じっくり考えてみたんだよ。色々心配になることが、多すぎる。於りんちゃんを長崎屋に避難させた方が、良いと思うんだ」

「心配？　何がですか」

若だんなは兄や達をじっと見つめ返した。

「放っておくと於りんちゃんは、本当に殺されるかもしれないと思う」

途端、天井の隅の方から、ぎゃわぎゃわと大きく軋《きし》むような声が上がる。鳴家達が大勢、転がり下りてきた。皆心配そうな顔をしている。しかし二人の兄やの方は、若だんなの言葉にも冷静な顔を浮かべていた。

「どこをどう考えたら、そういう話になるんですか」

ともかくこの二人を説得しないことには、於りんを引き取ることは、出来ないようであった。若だんなは文机《ふづくえ》の前に座ると、筆を手に取る。物事を整理して考えたいとき、いつもしているように、引っかかっている事柄を、さらさらと紙に書き出していった。

一つ、於りんが中屋からは遠い、江戸広小路で迷子になっていた。何故《なにゆえ》か。

一つ、おさいが死んだ。事故か？　殺されたか？

一つ、中屋は狐に祟られているとの噂がある。狐は憑いていない。どういうことか。

一つ、主人に妾《めかけ》はいるのか。（於りんはその子だという噂あり）

一つ、客の対応に、主人の弟、正三郎ばかりが出てくるのは、何故か。

一つ、女にもてる正三郎が、お雛を選んだ理由は何か。

一つ、中屋おかみ、おたかに、赤ん坊はいるのか。

一つ、『帰ったら、殺されるんだって』と於りんが言った理由は、何か。

「この内、中屋のご主人に妾はいないと思う。お雛さんが確かだと言っていたからね。つまり於りんちゃんは、中屋主人の妹の子だ」

書き付けたことの中で、若だんなが気になったのは、狐に祟られているとの噂だ。

「それはただの噂です。狐はいません。早々に確認したではありませんか」

仁吉の言葉に、若だんなが頷《うなず》く。

「そうなんだよ。でも噂が立ったんだ。中屋からは奇声が聞こえる。踊るような人影を見た人がいる。中屋おかみの、産まれていない赤ん坊の話も気に掛かる。そしておかみのおたかさんは、表に出てこない。一人娘が行方知れずになっていて、やっと戻ってきた時ですら、だ」

「……おたかさんの母君は、狐憑きになって亡《な》くなったんでしたよね。それで結婚に反対されたという話でした」

佐助の言葉を、若だんなが継いだ。

「中屋のおかみは多分今……狐憑きのような状態でいるんだよ。だから、人前には出て来られないんだ」

「母親と同じようになった……という訳ですか」

「多分病気なんだろう。そうと思えば、不思議なことの説明が付くんだよ。己が分からなくなる。行いが奇妙になる。時々そういう人がいる。よく狐憑きと間違えられているが、私らが見たら、大概は病なんだが」

仁吉が深いため息をついた。薬種問屋で働いて、大分経《た》つ。どういう症状になっているのか、分かったのだろう。

「こりゃあ、おかみに赤ん坊はいませんね。そういう病だと、喋《しゃべ》ることがちぐはぐになる人がいる。昔産んだ赤ん坊のことを、今の出来事だと思っているのかもしれません」

「それなんだよ。今おかみの頭の中で、色々なことが、奇妙に混じってしまっているとしたら……」

そこまで若だんなが話したとき、店表の方から、大きな声が聞こえてきた。何事かと佐助が庭に出ようとしたとき、今日もごってりと塗りたくったお雛が、奉公人を振りきって、奥まで駆け込んできた。

「こっちに於りんちゃん、来ていませんか。探しているんです。どこにいったか分からなくって」

分厚く塗り重ねているにもかかわらず、顔が緊張で強《こわ》ばっているのが分かる。

「また迷子ですか？　於りんちゃんは小さいんだ。そうは遠くに行かないでしょう。先は、乳母が店から連れ出したから、こちらまで来たのでしょうが」

「今度は……おかみが一緒なんです。気分が良いからと、新しい乳母に部屋を開けさせて、於りんちゃんと一緒に外に出たらしくって。それきり帰らないんです……」

お雛の声が、かすれて行く。若だんなが声を固くした。

「佐助、皆を集めて、また於りんちゃんを探しておくれ。今度は中屋のおかみと一緒かもしれない。見つけたらとにかく、於りんちゃんを誰かが抱いていておくれ」

「どうしました、若だんな？　母親が一緒なんだから、迷子という訳ではないでしょうに」

戸惑う佐助の声に、若だんなが答える。お雛の方を向き、確かめているかのようであった。

「おかみは物事が分からなくなってきている。於りんちゃんが危ないんだよ。乳母のおさいを殺したのは、おかみだろうからね」

お雛は、於りんを長崎屋に嫁にやりたいと言った。おかみの目の届かない所に、於りんを避難させたかったのだろう。お雛が身を震わせ、中庭にしゃがみ込む。手で顔を覆《おお》い、そのまま暫《しばら》く返事が出来なかった。

6

船で中屋に向かうと、日中から店を閉めて、正三郎が皆を探しに出しているところであった。随分と走り回っていたらしいお雛を、皆の取りまとめに残っている兄七兵衛の側《そば》に置き、正三郎は若だんな達と共に、己も於りんを探しに出る。七兵衛が、土下座をせんばかりに、頭を下げていた。

近場は奉公人らに任せ、一同は永代橋を渡った後、船で江戸広小路へ向かった。於りんが唯一《ゆいいつ》、遠出したことがある場所だったからだ。

「お雛から聞きました。義姉《あね》の今の状態を、言い当てられたとか。驚きましたよ」

「中屋さんでは、おかみさんのことを、皆で隠していたんですね。それでも奇妙な噂《うわさ》は立ってしまったようですが。まあ、色々目に付くようになってきていたみたいですから」

水面を滑る船の上で、小声でそう言った若だんなが、正三郎の腕の引っ掻《か》き傷を指さした。

「それ、おかみさんが付けた傷でしょう？　以前顔にあった痣《あざ》も、そうですね」

正三郎が小さく頷く。唇を嚙んでいた。

「義姉《ねえ》さんがおかしいと気が付いたのは、一昨年のことです。義姉は己でも変だと、直ぐに気が付いたようでした。母親のことを思い出して、そりゃあ怖がっていて……」

母親は病が重くなると共に、座敷牢《ろう》に閉じこめられ、最後には中から喚《わめ》いていたらしい。おたかも同じように、良くなったり酷《ひど》くなったりを繰り返しながら、悪化していった……。

「義姉は優しい、気が弱いくらいの人でしてね。それだけに、可哀《かわい》そうだった。いっそ突然、何もかも分からなくなっていたら義姉さんも楽だったのにと、ある日、兄が漏らしていました」

中屋七兵衛は、母親のことは承知でおたかを嫁にした男だったから、怖がるおたかを閉じこめるようなことはしなかった。事情を心得た人を何人も付け、おたかに間違いが起こらないよう、心地よく過ごせるよう、心を配ったのだ。

ところが段々、その対応だけでは済まなくなってきた。きれいごとを言っていられなくなってきたのだ。

「夜中に近所に筒抜けになる程の奇声を上げたり、部屋を抜け出し、店先や台所を滅茶苦茶にしたりしました。その上段々と、妄想《もうそう》に捕まりだしましてね」

死んだ子供が、お腹《なか》にいると言い出す。七兵衛に、女がいると喚く。その内、於りんに手を上げるようになってきたという。

「自分の息子が消えてしまって、見知らぬ女の子がいると思ったようでした。それが癇《かん》に障ったんです。具合の良いときは、嘗《な》めるように可愛がるのに、突然手を上げたりする。乳母が庇《かば》って事なきを得ていましたが、於りんも母親を怖がりはじめていました」

乳母はおたかの知らぬ所へ、於りんを逃すつもりだったのではないか。だから永代橋を渡った、中屋と縁のない場所に、於りんを連れて行こうとしていたのだ。

だが、それにおたかが気が付いた。

「三人が店から消えたとき、兄は畳に突っ伏して、頭を抱えていた」

真っ先に見つかったのは、一人で通りを歩いていたおたかだった。だが一段と具合が悪くて、何を聞いても、言っていることが分からない。

「だから於りんが無事で見つかった時は、心の底からほっとしました。でも一太郎さんから一人でいたと聞いて……私は義姉が、於りんを庇うおさいに、手を出したかもしれぬと……そう思いました」

心配した通り、おさいの死体は直ぐに見つかることとなった。

「ねえ一太郎さん、私はこれから、どういう態度を取るべきなんでしょうか。義姉さんは人を殺してしまった……」

微《かす》かな声が、船縁《ふなべり》にした。真っ直ぐな目が、若だんなを覗《のぞ》き込んでくる。真剣で、苦しんでいて、背《そむ》けてはいけない眼差《まなざ》しであった。

「殺したことを、義姉さんが覚えているかどうかも分かりません。でも、具合は良くなったり悪くなったりです。お役人にお調べを受けたら、必ず本当に狐憑《きつねつ》きなのかと疑われるでしょう。芝居を打っているとさえ、思われるかもしれない」

罪を免れるとは、思えない状況であった。

「それにおさいにだとて、親も兄弟もあります。あちらの家族にしてみれば、誰にどんな理由で殺されようが、おさいが死んだことには変わりはないんだ」

川面《かわも》を渡る僅《わず》かな風に、正三郎の震える声が吹き飛ばされそうだ。

「兄は義姉さんに最後まで、静かな毎日を過ごさせてやりたいと、それだけを願っていると思います。でもこうとなったら危なくて、於りんは中屋ではもう暮らせない。義姉さんの罪がいつばれるかと、私らも怯えて過ごすことにもなる。孫蔵親分は、袖《そで》の下が効かないので有名なんです」

もう両親のいない正三郎にとって、兄夫婦は家族そのものなのだ。何より大切で、無くしたくない。だが、どう願っても都合の良いように、事は動いてくれそうもない。

(正答のない謎解《なぞと》きをしているようだよ)

選ぶべき答えは、全《すべ》て泣きたくなるようなものばかり。でも、どれかの答えを選ばない訳にはいかないのだ。選ばないこともまた、一つの選択になってしまうから。

若だんなには、返す言葉が思い浮かばない。そこに、落ち着いた仁吉の声がした。

「とにかく今は悩むより、於りんちゃんを探すのが先でしょう？　一つやるべき事を済ませたら、次に成すことも、見えてくる筈《はず》です。心配ばかり積み上げても、始まりませんよ」

さすがに千年以上の時を生きてきた妖《あやかし》は、肝が据わっていた。若だんなは頷いて、ほっと息をつく。隣で正三郎は、目を丸くしていた。

「……確かにその通りです。これはしっかりとした手代さんだ。私と似たような年回りなのにねえ」

正三郎は水面《みなも》に目を落とすと、人は見かけでは分からないと、少しばかり表情を緩めた。例えば、お雛がそうだったと言う。

「お雛ちゃんはあの化粧でしょう。とんでもない気性だと、誤解を受けるんですが、実は優しい人なんですよ」

「先日話をさせていただきましたが、しっかりした考えをお持ちのようです」

若だんながそう言うと、正三郎はやっと、にこりと笑った。そして、こう見えても己は結構もてるのだと、言い始める。

「ですが皆、私との縁談が起こると、まず義姉さんと血が繋《つな》がっているかどうか、確かめてきました。中には義姉に、既に狐が憑いていないかどうか、確認に来る親御さんもいてね」

ただ一人、お雛だけは義姉を気遣ってくれた。実際に義姉が普通ではない振る舞いをし始めても、怯《ひる》まずに義姉の相手をしたり、正三郎に協力してくれたと言うのだ。

「お雛ちゃんは小さい頃両親を流行病《はやりやまい》で亡くしています。その後お雛ちゃんを育てたのは祖父母だったんですが、この二人とお雛ちゃんは相性が悪くてね」

祖父母にしてみれば、年老いた己らが死んでも、孫がちゃんと生きて行けるよう、厳しく躾《しつけ》たのかもしれない。女としてのたしなみの他に、商売のことも、一通りは心得ておくよう、仕込まれたのだそうだ。

だが、いくら努力しても、祖父母は褒め言葉を口にせず、厳しいままだった。ある日お雛は気晴らしに、店にあった品で化粧をしてみたのだそうな。薄くしただけだったが、この時怒られただけでなく、心配されたのだという。祖父母の目がお雛に向いた。

それから化粧が濃くなっていったらしい。どんどん派手になる。益々《ますます》心配される。何しろ商売物で店に沢山あったので、好きに使えたから、止まらなかったのだ。

「あの化粧でも、いつも側に居れば慣れますよ」

心の苦しさの表れだと納得していれば、その気持ちを思い、却《かえ》って情も湧《わ》く。だが気に食わない性格の相手を妻にしてしまったら、日々嫌な気持ちが募るだけだ。だからお雛がいい。正三郎の明快な考えを前に、若だんなはひょいと仁吉の方を向いた。

「ねえ、これが惚《ほ》れるってことかしらね。おとっつぁんはおっかさんに甘いけど、それと似ているよ」

「おや、若だんなの方は歳《とし》より大分、子供のようだねえ」

にやりと笑いながら正三郎に言われ、若だんなはむくれて、水面を睨《にら》み付けた。己一人、子供扱いされているみたいだったからだ。

（だけど……いいよねえ）

あの化粧すら気にならない正三郎が、ちょいと羨《うらや》ましくもある。

その時若だんなは、すぐ目の前の水の底で、手がゆらゆらと揺れていることに、気が付いた。

（濡女《ぬれおんな》じゃないか）

妖の指が指している方に目を向けると、船は早、繁華な盛り場の横手に差し掛かっていた。江戸橋も近いに違いない。

よく見ると、その岸を何かを担《かつ》いで、走っている者達がいる。後ろから女が追いかけている。

「於りんちゃん！」

「義姉さんっ！」

三人は急いで船を、岸に着けてもらった。

7

江戸広小路の盛り場の端辺りで、おたか一人を押さえて止めるのに、大の男三人がかりだった。おかげで見物まで出る始末となった。

怪我《けが》をさせたり、痛い目にあわせたくなかったせいもある。だが、仁吉や野寺坊は妖で力が強いというのに、女一人に手こずったのは、やはりおたかが普通の状態ではないからに違いない。於りんを抱いた獺《かわうそ》が、横で息を弾ませていた。

「於りんちゃんが泣きそうな顔して走っているのを、鳴家《やなり》が見つけましてね。若だんなに言われた通り抱きかかえたら、今度はあたしらがその女の人に追いかけられまして」

外へ出た最初は具合が良かったものの、やはりおたかは途中から、また妄想に駆られてしまったらしい。妖達は怖がる於りんを助けたものの、そこから先はどう対処してよいやら分からなかったようだ。しょうがなく、そのまま逃げ回っていたという。

今、おたかは正三郎の問いに、返答も出来ない状態だ。髪の毛が解《ほつ》れて、どこを見ているか分からない目を、真っ直《す》ぐに向けている。

だがとにかく、一応落ち着いたように見えた。於りんも無事見つかったということで、正三郎は大きく安堵《あんど》の息をついていた。若だんなが頼んだ助っ人達が、どうも並の人とは違うということなぞ、目にも入らない様子であった。

「兄さんが、大層心配していますよ。さあ義姉さん、家に帰りましょうね」

抱きかかえるようにして、道から立ち上がらせる。これで騒ぎも終わったと見たのか、見物人も早々に散って行く。喧嘩《けんか》も騒動もしょっちゅうの盛り場であったために、却って大騒ぎにはならずに済んだようで、若だんなも安堵していた。妖達に礼を言って帰し、仁吉が於りんを抱きかかえる。若だんなと正三郎がおたかに付き添い、一同は船に乗ろうと、江戸橋の袂《たもと》へゆっくりと向かっていった。

その時、不意におたかが顔を江戸橋へ向けた。橋を渡る誰かを見ている様子であった。少しはいつものおたかに戻ったと見て、正三郎がまた、声を掛ける。

「義姉さん、正三郎です。ここは江戸橋の近くなんですよ。分かりますか？」

だが、おたかの目は、橋の方向に向いたままだった。行き交う人に目を向け、顔色を蒼《あお》くしている。

「義姉さん？」

「……おさい……」

口からこぼれ出てきたのは、殺《あや》めてしまった乳母の名だ。誰を見て、そう思ったのだろうか。体が震えてきている。一歩、二歩と後ずさる。

「義姉さん、おさいはもう、いないんです。だからここにも来ていません。義姉さん！」

その声は、おたかの耳には入らなかったようだ。いきなり正三郎達を振り解《ほど》くと、その場から死にものぐるいで逃げようとする。しかしもう、随分と長く妖達と追いかけっこをした後だ。幾らも行かない内に足がもつれ、あっと言う間もなく、日本橋川に落ちてしまった。

「義姉さんっ」

正三郎の悲鳴のような声が響く。

近くに船も船頭も居る場所だったから、直ぐに何人かが、川に飛び込んでくれた。おたかは直《じき》に引き上げられ、医者に連れて行くべく、戸板の上に慌《あわ》ただしく乗せられる。

若だんな達は於りんを連れ、中屋にこの事を知らせに行く役を引き受けた。急いで乗った船から、おたかが運ばれていく様子が見えた。横で正三郎が背を丸め、おたかの名を必死で呼んでいる。もうどうすることも出来ず、若だんなは何故《なぜ》だか涙がこぼれそうになるのを、ぐっとこらえて目を瞑《つぶ》った。

一月ほど後、廻船問屋長崎屋には深川の中屋主人と、正三郎が訪ねて来ていた。おたかは暫《しばら》く寝付いてから、ろうそくの炎が消えるように亡《な》くなっていた。その葬儀から、数日後のことであった。おたかのこと、於りんのこと、世話になった礼をきちんとして、中屋七兵衛は帰って行った。

だが正三郎は残って、若だんなの離れに顔を出してきた。若だんなは『川風にあたった』のがいけなかったらしく、またしても具合を悪くしていて、店表に顔を出せなかったからだ。離れで着ぶくれして、火鉢を抱えるようにして座っている。仁吉が二人の前に、分厚く切った紅屋の練羊羹《ねりようかん》を、茶と共に出した。

「十日程前からは、床を払っているんですが、離れから出してもらえないんですよ。兄や達が大げさなんです。おかげで葬儀にも行けず、失礼しました」

「とんでもない。ご病気と聞いて、心配していました。思ったよりも元気そうで、ようございました」

正三郎は少しばかり瘦《や》せたようだったが、しゃんとして、落ち着いていた。どんな結末にせよ、結果が出てしまったからだろう。

「実は岡っ引きの孫蔵親分に、何が起こったのか、言い当てられてしまいました。義姉《あね》の通夜《つや》の席でのことです」

おさいが、おたかの手で殺されたことも、岡っ引きには見当が付いていたようだという。岡っ引きはおたかの母のことをよく知っていたのだ。思い当たったこともあったに違いない。

おさいの親には手紙を添えて、まとまった金子を送ったという中屋七兵衛の言葉に、岡っ引きは黙って頷《うなず》いたという。おたかも死んでしまい、他にやりようもない話であった。

「不思議なことなんですが、亡くなるまでの一月近く、義姉は於りんや兄の顔が、分かるようになっていたんです。具合は悪そうでしたが、久しぶりに楽しげではありました」

追いかけられて怖かったのだろう、暫くはおたかを怖がる素振りだった於りんも、優しい母が戻ってくると、甘えていたらしい。おたかは小間物屋に、於りんが好きな花かんざしを持ってきてもらい、幾つも買っていた。それが於りんにとって、母の形見になってしまったという。

正三郎が、裏庭に目をやった。

「ねえ一太郎さん。私はまだ、思い悩んでいるんですよ。選びたくない道しか目の前に無いとき、人はどちらを向いて、足を踏み出すんだろうか……」

ぽつりと言われた言葉に、若だんなは今日も返事をすることが出来ない。

(だけど、人ごとじゃあないよ。いつかは私も同じように、選ばなくちゃならない出来事にぶつかるかもしれない)

せめて逃げ出さずに、ちゃんと選べるだろうか。

(そう出来たら……いいけど)

正三郎にも確たる言葉はなく、話はお雛との婚礼の話題に移っていった。だがふと部屋の掛け軸に、藤の花が描かれているのを見たとき、花かんざしが若だんなの頭に浮かんだ。華やかでもの悲しい。

(於りんちゃんは大人になったとき、今度のことを覚えているだろうか)

思い出すのなら、怖い思い出だけでなく、花かんざしのことも覚えていて欲しい。若だんなはゆっくりと湯飲みを手に取ると、もう一度掛け軸の花に目をやった。

ねこのばば

1

江戸の大店《おおだな》、長崎屋の若だんな一太郎は、立て続けに三つの事件に出会ってしまった。

一つは、若だんなお気に入りの、『桃色の雲』が無くなった件。
一つは、猫又《ねこまた》が上野の広徳寺《こうとくじ》に捕まった件。
一つは坊主《ぼうず》が縄もないのに、松の木で首をつって死んだ件であった。

通町《とおりちょう》に土蔵作りの店を構える廻船《かいせん》問屋兼薬種《やくしゅ》問屋長崎屋は、今日も大勢の客で賑《にぎ》わっている。

だが手代《てだい》である仁吉と佐助は、昼間から仕事もせずに、中庭にある風雅に作られた離れにいた。長崎屋では若だんなの相手をしていれば、兄《にい》やである手代達が、小言を言われることはない。主人の藤兵衛からして、幾つも先の町内にまで噂《うわさ》が届くほど、大甘な父親だからだ。店よりも金よりもお天道様《てんとう》よりも大切な若だんなのために、兄やたちは先程から首を捻《ひね》っているところであった。

「あんなもの、一体どこへ消えてしまったんでしょうね」

「朝焼け時に、空の雲と混じってしまったんじゃないですか」

手代達のそばでは、達磨《だるま》柄《がら》の火鉢を抱えるようにして座りながら、若だんながしょぼくれていた。

大事に大事にしていた、『桃色の雲』を無くしてしまったのだ。雲は拳《こぶし》二つ程の大きさで、内側から蛍《ほたる》の明かりのような、仄《ほの》かな桃色の輝きを放っていた。ふわりふわりと宙に浮いていて、見ていると心が和む。ただそれだけで、それ以上のものではなかった。

そんな不可思議なものが、何故《なぜ》若だんなの離れにあったかと言えば、それは長崎屋が妖《あやかし》と縁が深いからだ。先代当主の妻おぎんは、実は齢《よわい》三千年の皮衣《かわごろも》という大妖《たいよう》であった。つまり若だんなは妖の孫なのだ。

その縁が若だんなに、『桃色の雲』を運んでくれた。先日大層珍しい顔が、雲と共に離れを訪れてきていた。

「これは見越《みこし》の入道《にゅうどう》様。お久しぶりです」

見場の悪い出《い》で立ちをした大男の客に、二人の妖の兄やたちが頭を下げる。男はその名を知られた大物の妖であった。

「一太郎殿の顔を見に来たのさ。皮衣殿が気にしておいでだからの」

見越の入道と呼ばれた妖は、離れに座って生真面目《きまじめ》な返事をしたものの、若だんなが菓子鉢一杯の大福を勧めると相好をくずし、見事な速さで平らげていく。

「元気そうで安心したわ。ちっとは丈夫になったかの」

「とんでもありません。一昨日まで、また寝込んでいたんですよ。ここ半年の間だけでも何回寝付いたか、もう覚えきれない程で」

脇《わき》から佐助に言われて、若だんなはいささかむくれている。見越の入道はひとしきり笑ったあと、あちこちの妖らの噂話をしていった。その後帰る前に、若だんなに手《て》遊《すさ》びの品を一つくれたのだ。

「ただの夕焼け雲だよ。皮衣殿がおいでの、荼枳尼天《だきにてん》様のお庭の木に引っかかっておったので、貰《もら》い受けて参った。これなら寝付いておる時でも、慰めになるじゃろう」

それからというもの、淡く光る雲は若だんなの大のお気に入りとなった。離れに事情を知らない者が来たときは、素早く屏風《びょうぶ》の中にいる妖、屏風のぞきに預けることにして、いつも部屋に浮かせていた。

ところがある朝起きたら、大事の雲が消えていたのだ。

「雲ぉ……」

慌《あわ》てて店表の方まで探しに行ったが、見つからない。外へも行こうとしたのだが、病後でまだ外出は体に障《さわ》ると、兄やたちに許して貰えなかった。

「十八だというのに、家から出ては駄目だなんて、これじゃあ赤子《あかご》のようじゃないか。もう少し好きにさせておくれ」

「そうして欲しいのなら、ちっとは丈夫になることですね。心配を減らしてくれたら、外でも天竺《てんじく》でも、出かけていいですよ」

こういう言い合いになっては、若だんなに分がない。それでも諦《あきら》め切れぬ思いとともに、離れで火鉢に張り付いていると、そこに新たな客があった。馴染《なじ》みの顔は、通町を縄張りとしている岡っ引き、日限《ひぎり》の親分であった。

「おや若だんな、今日は寝込んでなくて何より」

これが挨拶《あいさつ》として通ってしまうのだから、情けない話であった。若だんながむくれている間に、空になった菓子鉢の大福の替わりにと、仁吉が分厚く切った羊羹《ようかん》を店の方から運んでくる。名代の店、紅屋志津摩の高直《こうじき》な練り羊羹だと教えてもらったせいか、離れに上がり込んだ岡っ引きの機嫌が良い。ぺろりと平らげると、さっそくに今日仕入れてきた事件の話を披露してきた。

「これは寺の内で起こったことで、町方が抱えているものじゃないんだがね。面白いんで知り合いから、詳しく聞いてきたんだよ」

「境内の木に、小さな巾着《きんちゃく》が沢山ぶら下がっていた？　何ですか、それ……」

雲のことが気にかかって話を聞く気分ではなかったのに、事の奇抜さに釣られ、若だんなは思わず聞き返した。岡っ引きは懐《ふところ》から子供の握り拳ほどの、金糸銀糸も艶《あで》やかな錦《にしき》の巾着を一つ取り出して、若だんなに見せる。

「こんなようなのが一杯、枝にぶら下がっていたんでさぁ。場所は上野、広徳寺の奥庭だ。あの辺には、そりゃあ大きな寺が数多《あまた》あるが、その一つでね」

「……その寺には、去年寄進をさせて頂きましたよ」

若だんなが何やら思いだした様子で、目をくるりと回した。脇に座った仁吉たちが小さく笑っている。

長崎屋の離れにいる面々は、その寺をよく知っていた。前年妖絡《がら》みの騒動に巻き込まれたとき、広徳寺で護符《ごふ》を頂いたからだ。広徳寺には妖封じで有名な、寛朝《かんちょう》という名の僧がいた。

お札の効き目は本物で、寛朝は大変頼りになる僧であった。だが、頼りたくない相手でもある。若だんなはお札を頂くのに、二十五両ふんだくられている。寛朝の尋常ならざる力は、金に比例して発揮されるものであった。僧であるのに、慈悲より算盤《そろばん》と仲が良さそうな気がする。ついでに腕っ節も強いとの、妖からの報告を聞いていた。

「これは聞いた話なんですがね、若だんな。広徳寺での巾着の一件は、祟《たた》りじゃないかという噂も出てるんです」

寛朝の法力であの世に送られてしまった幽霊とか、諫《いさ》められた化け物とかが、奇妙な悪さをしたのではというわけだ。岡っ引きの言葉に、若だんなは笑って首を振った。

「あの世は御仏《みほとけ》の加護の内。地獄は鬼の支配下。どちらにせよ行ってしまった者は、もう祟ったりしませんよ」

その返事に岡っ引きは眉《まゆ》を下げ、巾着を見て唸《うな》っている。

（どうやら親分さんとしては、この一件解決しないと不味《まず》いみたいだね。礼金をはずんでくれそうな誰かに、相談されたかな。たぶん……広徳寺の者だろうね）

寺では、境内でおこったことは、大概内々で処置する。だが今回は僧の誰ぞが、なんとはなく奇妙なのに理由の分からないこの話を持てあまして、こっそりと岡っ引きに相談したに違いない。しかし己で話を見通せなかった岡っ引きは、長崎屋の離れにやって来たのだ。

そのとき仁吉がにやにや笑いながら、適当なことを言い出した。

「親分さん、その巾着はきっと、お参りに来た信者が、何か願掛けの為に吊《つる》したんですよ」

謝礼目当てと見て、仁吉は無責任に話をこしらえたらしい。だが岡っ引きは真剣に聞き返してきた。

「そうなのかい？　それなら巾着が派手な布で作ってある訳も、分かるかい？」

「願掛けの主は、金持ちなのでしょう。家にあった端切れで巾着を作ったんですよ。それこそ巾着が信者によって、余所《よそ》から持ち込まれた証拠です。僧の誰かが作ったものならば、晒《さら》しの手ぬぐいで作るのがせいぜいでしょうからね」

「そういやあ、そうかの」

日限の親分の顔が、さっと明るくなった。その後長居をすることもなく、早々に帰って行く。これから木に巾着がぶら下がっている訳を、金主に説明に行くのだろう。

離れから近いくぐり戸は、菓子司《つかさ》三春屋の方に向いていて、薬種問屋の土蔵の先にある。そちらへ向かう岡っ引きの後ろ姿を見ながら、若だんなが仁吉にしかめ面《つら》を向けた。

「これ、日限の親分さんをからかうもんじゃないよ。広徳寺の奥庭には山水の砂庭があって、普段は信徒でも気軽に入れないと聞いている。あの推測は妙だよ」

「なに、親分さんが小遣い稼ぎを出来るよう、力添えしたんですよ。話がおかしいとは思わなかったようだから、いいじゃありませんか。それに巾着が木にぶら下がっていたって、寺の毎日に差し障りはなし、放っておいても構わない話だ」

「そりゃあ、そうだけどさ」

その時土蔵の方から、とんでもない声がした。何事かと顔を向ければ、岡っ引きが血相を変えて、駆け戻って来る。

「大変だ！　化け物が出た！」

佐助が立ち上がると、岡っ引きとすれ違うようにして土蔵に向かった。親分によると、木戸の前に見慣れぬ女が立っていたのだという。それがふらふらと踊るように近づいてきて、岡っ引きにしなだれかかったと思ったら、突然口が裂けたらしい。

岡っ引きは蒼《あお》い顔で、縁側にへたり込んでしまった。若だんなが目を庭へ向けると、蔵の陰からひょいと、佐助が裏庭に出てきた。手に猫を抱いている。

「親分さん、もしかして……あれに驚いたんですか？」

「……猫？」

岡っ引きの前まで連れてこられた真っ白い頭の猫は、佐助の腕のなかで大あくびをしている。確かに口は裂けているように見えた。岡っ引きの顔が段々赤くなり、照れくさそうな表情に変わっていった。

「こいつぁお恥ずかしい。昼の日中から、とんだ見間違いをしたようだ」

ふらふらと立ち上がった岡っ引きに、気分直しにと、仁吉が菓子用の茶筒に入っていた胡桃《くるみ》おこしを包んで持たせる。すると岡っ引きは落とさぬように、さっと袂《たもと》に落とし込んだ。この調子なら大事ないと、若だんなはほっと息をついた。

だが岡っ引きが帰ってしまうと、佐助を部屋の内に呼び、今度は怖い顔を作って腕の中の猫を睨《にら》んだ。

「こらっ。長崎屋の庭で、人を脅しちゃあ駄目じゃないか。言ってあるだろう」

猫は畳の上にぽんと下りると、途端に人型を作り、なかなかに色っぽい女となった。馴染みの猫又で、おしろと言う。

「今日は若だんなにおすがりしに来たのに、済みません。親分さんを見かけたら、何だか急に気持ちがむずむずしましてね」

ついからかいたくなったのだという。日限の親分を脅かしても手代たちは怒らないが、若だんなに迷惑をかけたら話は別だ。ひたすら謝る猫又を、「仕方ないね」と若だんなはつい、簡単に許してしまう。まあ妖であれば、人と行いが違うのはよくあることであった。

「ところで何の話だい？　珍しいね、相談事なんて」

若だんなの一言で、おしろはきちんと座り直すと、顔に真剣な表情を浮かべた。悩み事は、切羽詰まったものだった。

「あたしの知り合いで、もう久しくある商家に飼われていた、小丸という猫がいるんですよ。余りに長命なので、奇妙に思われていたらしいんです。そんなときに、可愛《かわい》がってくれていたご隠居が、亡《な》くなってしまいまして」

途端に家人らの小丸を見る目が、厳しいものに変わったのだという。猫又になっているに違いない、隠居は祟り殺されたんだという話が出てきて、小丸はさっさと寺に預けられてしまったらしい。

事実小丸は、猫又になりかけていた。だが好いていた隠居を呪《のろ》った訳ではない。猫としてはおばばだが、猫又としての力はまだないという。

「早く隠居所から逃げろと鳴家《やなり》に伝言を頼んだのに、亡くなった人を忘れられず、留まっていたらこの始末。いえ普通の寺なら、さして心配はしません。ですが、場所がまずくてねえ」

「なんと！　広徳寺に居るのかい」

そういうことであれば、小丸を預かっているのは、妖の扱いに慣れた寛朝に違いない。

「人を呪い殺したと言われて、寺に送られた猫です。早々に御坊が退治してしまうかもしれませんね」

「こりゃあ厄介だ。護符で封じられたら、小丸は己では逃げ出すことが出来ませんよ」

仁吉と佐助の言葉に、おしろが浮かぬ顔で頷《うなず》いている。小丸の身が心配なのだ。どうにか助けて欲しいということらしい。

「うーん、金で片が付けばいいけどねえ」

若だんなは眉間《みけん》に皺《しわ》を寄せた。相手は妖封じの力を持つ僧侶《そうりょ》なのだ。仁吉や佐助は寛朝の護符など平気であったが、寺に行かせる訳にはいかない。寛朝ならば二人を見たら、妖だと見抜くことくらいはするだろう。言い立てられては、困る話であった。

「だからといって、小僧を上野まで使いにやっても、寛朝御坊は小丸を返してはくれないだろうね。猫又になりかけていることくらい、見抜いておいでだろうし」

さてどうしようかと、若だんなは火鉢に描かれた達磨とにらめっこをしながら、首を捻《ひね》っている。いつの間にやら、雲を失って塞《ふさ》いでいた気分は、消し飛んでいた。

2

「どうして若だんなご自身が、上野くんだりまで行くんですか。小丸のことにかこつけての遠出にしか、思えませんが」

「どうしてとは、私が言いたい言葉だよ。寛朝御坊がいるから駄目だと言ったのに、仁吉も佐助もついてきちゃうんだから」

三人は仕立てた船で、隅田川を遡《さかのぼ》ってゆくところであった。佐助が同行は当然のことだと、胸を張っている。

「あたしらは若だんなを、一人で上野へ行かせやしませんよ」

「例えば松之助《まつのすけ》兄さんに、一緒に来てもらってもよかったんだし」

「虎《とら》や獅子《しし》が襲ってきたら、松之助さんでは若だんなをかばえない。駄目です!」

「……仁吉、お江戸に虎はいないよ」

若だんなのため息を道連れに、船は進む。その後浅草御蔵の辺りで下船して、駕籠《かご》で西北に向かった。若だんなにとって、久方ぶりの外出であった。

上野の寺といえば、まず第一にあげられるのが東叡山《とうえいざん》寛永寺だ。天海僧正が開祖の、江戸随一の寺で、桜の名所でもあり、境内の広さは三十数万坪に及ぶ。

寛永寺は別格としても、その周りにも数多の大きな寺が建ち並んでいるのが、上野であった。日本橋の町なら二つ三つ、すっぽり入りそうなほど広い寺が多い。広徳寺もその一つで、寺の前で駕籠を下りたのはいいが、三人は寛朝がいるという堂宇まで、境内を大分歩かなくてはならなかった。途中、若い僧が作務《さむ》についているのが、あちらこちらで目に入った。境内に建っている伽藍《がらん》は、小さな町屋を見慣れている目には、小山のように映る。

「まったく寺というのは、なんでこんなに広いんだろうね」

若だんながうっかりこぼした言葉に、仁吉がさっと眉をひそめた。

(しまった)

そう思うより早く、疲れたのなら早く帰って休まなくてはと言い始める。慌《あわ》てて若だんなが大丈夫だと言っても、聞くものではない。

「あのね、今日会う御坊は妖《あやかし》が分かるんだ。私が相手をしなくては、不味《まず》いんだよ」

「あたしたちだけで大丈夫ですよ。争いになったら、力では負けません」

佐助がにたりと笑って力こぶを見せ、保証する。若だんなは眉間に皺を作った。

「やめておくれな。長崎屋の手代が妖だと世間に知れたら困る。二人とも今までみたいに、堂々と私の側《そば》におれなくなるよ」

「へ？　そうですか？」

こういうところが妖なのだと、若だんなは大きくため息をつく。どう言えば納得するのだろうと歩きながら思案していて……そのまま急に立ち止まった佐助の背に、顔を突っ込んでしまった。見れば佐助は厳しい顔をして、真っ直《す》ぐ先にある回廊の方を見つめている。寺の中央に建つ大きな二層の建物、仏殿脇《わき》から左右に延びている部分だ。

「佐助、どうしたの？」

「きつい匂《にお》いがします。剣呑《けんのん》なことが起きたのかもしれない」

佐助の本性である犬神《いぬがみ》は、鼻がいい。その言葉に一寸黙って回廊を見つめた仁吉も、直ぐに頷いた。何かあるらしい。三人は用心しつつ、匂いのする仏殿の奥の方へ向かった。もうすぐ昼九つかという刻限で、日差しは明るい。少しばかり小高い場所になっている裏庭に出ると、すぐに三人の足が止まった。

堂宇裏には手入れの良い松が何本も生えていた。中に大きく張り出した枝振りの松があり、その下に影を集めたかのような黒っぽいものが横たわっていたのだ。動かなかった。

(佐助が嗅《か》いだのは、あの臭《にお》いか……)

「あれは……法衣かね」

佐助が若だんなをその背に庇《かば》って、用心深い目を周りに向けている。仁吉は小走りに松の下に向かい、倒れている者の脇にかがみ込む。程なく顔を上げ若だんなたちの方を向くと、はっきりと一つ、首を振った。

「これは、通町長崎屋の一太郎さん。わざわざ上野においでとは、信心深い話で嬉《うれ》しいが、死体とご一緒とは驚いたねえ」

若だんなたちは死体のことを、近くにいた寺の若い僧に伝えた。そのあと通された堂宇、直歳寮《しっすいりょう》の一室で、寛朝と向き合っていた。

寛朝は、聞きしに勝る程の迫力を身にまとった男だった。佐助と張り合うほどの上背で、皮肉っぽい口をきき、清貧とか悟りという言葉を一昨日に置き忘れたまま、それを気にしていないふうに見える。真剣に話をするときは、腹の底に力を込めていないと身がすくんだ。

広徳寺は禅宗の寺で、境内では七堂伽藍が人体の図に相当するよう、生真面目《きまじめ》に配置されていた。頭の場所には法堂《はっとう》、心の臓の辺りには仏殿という具合だ。その中で高名な僧寛朝は、左手の位置に建つ庫裡《くり》にいた。

寛朝の役職は直歳だという話であった。境内にある伽藍の営繕、大工仕事や防火まで引き受ける者だ。寺の運営を任される、役職にある僧の一人なのだ。そのことを教えてくれたのは、寛朝の所用をきくために堂宇にいる僧の一人で、今も三人に茶を出してくれている。大変所作のきれいな若い御坊だ。

ありがたく茶を口元に運びながら、若だんなは思わず小さなため息をこぼした。

(日限の親分さんは、広徳寺の松の枝に、巾着《きんちゃく》がかかっていたと言っていた。来てみたら今度は、松の枝の下に死体があったよ)

今日広徳寺へは、小丸を救う為《ため》に来たのだ。直歳の寛朝ならば、伽藍、回廊の一部を修理と称して、暫《しばら》く閉めきりとするくらい朝飯前だろう。猫又の小丸も、そうして隔離されたどこぞの部屋に、放り込まれていると思われる。なのに今は、その話を持ち出すどころではない状況だ。

「亡くなっていたのは、広人《こうじん》というこの寺の僧でね。あの歳《とし》になって何を迷ったのか、かわいそうなことをした」

寛朝は、部屋の内で立ったまま話をしている。威圧感を感じる。肩が凝った。

「なにも首をくくることはなかったのだ。いくらでも相談にのったものを」

あっさりと言った寛朝の声に、ためらいは無かった。若だんなが、ぴくりと眉《まゆ》を動かす。

(首をくくったって?)

僧のことは刑罰も含め、それぞれの寺に、おおむね任されている。女犯《にょぼん》だけは別で、僧籍を剥奪《はくだつ》され、その身を晒《さら》されることになるが、それ以外は、余人が口を突っ込みはしない。今回の広人の死について、広徳寺が縊死《いし》と判断したというのなら、それで一件は終わるということだった。

たとえ松には首つりの縄が掛かっておらず、死体の周りにも紐《ひも》一本落ちていない、などという奇妙な話がくっついていても、話は動かない。寺内であれば、岡っ引きも出てはこれないのだ。

だがそんな決まり事など、とんと気にしない仁吉が、気後れする様子もなく寛朝に言葉を返した。

「御坊、あれは首っくくりじゃあ、ありませんよ。喉元《のどもと》に縄の跡などなかったし、第一頭にべったりと血が付いていました」

「枝から落ちたときに、木の下にあった石にでも、頭を打ち付けたのだろうさ」

ぱしっと仁吉の言葉を否定すると、寛朝はにたりと、どう見ても憎らしからぬ笑みを浮かべ、手代たちを見つめた。それから口元を歪《ゆが》めて若だんなの側に寄ると、ぐぐっと顔を近づけてくる。

「今日は随分と変わったお連れが、二人もいるようだ。一太郎さん、どういう趣向かな」

「なに、今回の不可思議な首括《くく》りの一件よりも、余程真っ当ですよ。連れの者たちは、長崎屋の手代です！」

はっきりとそう言い切ると、若だんなは唇を噛《か》んで寛朝を見返した。寛朝はしばし、そのまま若だんなを見ていた。だがそのうちに、くいっと右の唇をつり上げ、破顔一笑する。

「まあ良かろうよ。そういうことにしておこう。長崎屋さんは裕福で、去年も広徳寺の屋根補修のために、大枚を出して下さった。これからも良い関係でいたいものだからな」

要するに金を出せば、手代たちが人ならぬことは、黙っていてやろうと言うわけだ。平素ならばこの話で手を打ち、切り餅《もち》の一つも出すところだ。

だが、若だんなはこれから小丸を助け出す交渉を、この食えない僧としなくてはならない。ここで言いなりになっては、どう考えても後が続かない。若だんなは畳の上で姿勢を正すと、思い切り頑張って、人が悪そうな笑みを作った。

「お世話になっている広徳寺さんのことですから、瓦《かわら》を買う金子《きんす》くらい、幾ばくか寄進させていただきたいものですがね。ですが、どうしましょうか。既に出した分で、瓦が新しくなったようには見えないんですがね」

「なに、寺の屋根は、大きいですからな。多少の金では、一度に葺《ふ》き替えることができないのでね」

寛朝の答えを聞いて、若だんなはさっと懐《ふところ》から小ぶりな算盤《そろばん》を取り出した。寛朝が眉を上げている間に、指で滑らかに金額を入れて行く。

「先年長崎屋からの護符への礼が、二十五両。寄進が十両。仏具屋の藤屋さんから、五十両、一丁目の太田屋さんから二十両。室町の伊勢《いせ》屋さんから、百両……」

こちらの寺は、怪異によく対処すると評判だから、寄進が集まりますねと言いながら、若だんなは珠《たま》をはじいてゆく。蔵前《くらまえ》の札差しからの大口の分を入れると、合計は千両を超えていた。

「私ども商人は、組の会合や何やらで顔を合わせることがありましてね。寄進の噂《うわさ》なども、色々聞こえてまいりますもので」

もちろん噂を聞いてきたのは、ほとんど父親の藤兵衛だが、今はそんなことは関係ない。去年から最低でも千両は広徳寺に入っているはずなのに、一つの堂宇の屋根さえ葺き替えていないのはどういう訳かと、若だんなは聞いているのだ。算盤の珠が示す金額に、寛朝が眉根を寄せていた。

「……こんなにいただいていたのか」

ぼそりとつぶやく声が低い。それから何か思いついたようで、ぱっと目を見開いたが、慌てて若だんなたちから顔を背けた。

「そのご様子じゃあ、新たにまた金を出す、という訳にはいきませんねえ。いえ、余《よ》所《そ》で寺内の話をする気はないんです。ですが古いままの瓦のことをお聞きになったら、大枚を出された札差しの青戸屋さんは、いい顔をなさらないでしょうね」

若だんなとしては、ここで一気に攻めきって、寛朝の弱いところを握り、小丸をどこだか分からない場所から救い出したい。それで言葉を重ねた。

だが。

初め寛朝は話を聞きながら、しかめ面《つら》を浮かべていた。だが程なく体を小刻みに震わせてきた。どうやら笑いをこらえているのだと分かって、若だんなは戸惑うしかなかった。

（何で今……笑われるんだ？）

「いやあ、長崎屋の若だんなは、しょっちゅう死にかけているとの噂ばかり。どういうお人か、とんと分からなかったが、なかなかどうして面白い」

寛朝は不意にすとんと、若だんなの直ぐ前に座った。ちらりと手代たちに目をやったが、彼らのきつい眼差《まなざ》しを、大して気にする様子もない。確かに肝が据わっていて、思い切りやりにくい相手だと分かった。

「若だんな、聞きたいことがあるんだが」

真っ直ぐ目を見て、話しかけてくる。高名な僧にしては、話し方がくだけていた。

「今日寺に来た目的は、なんだい？　噂になるほど体が弱いのに、参詣《さんけい》のためこんな遠い寺まで来たんじゃあるまい。腹を割ってくれ。遠回しに話していたら日が暮れてしまう」

「……小丸という猫を、預かっておいででしょう。私に渡していただきたいんです」

黙り通しても、小丸は帰ってこない。思い切って正直に言ってみると、寛朝は両の膝《ひざ》に手を掛け、口が裂けるかと思うほどの笑みを浮かべた。

「なるほどね、目的は猫又か。そういう訳か」

妙に納得した顔の寛朝に向かって、若だんなの横に大人しく座っていた佐助が、突然口を開いた。

「小丸はまだ、猫又になってはおりません。そんなことも分かっていなかったんですか。通力があると言われて慢心していると、どこかでしくじりますよ」

一寸、寛朝は険しい顔を作った。だが直ぐに眉尻《まゆじり》を下げると、皮肉っぽい表情を作る。

「確かにそうだな。既に私は一つしくじりをしたようだ。昨年集まった寄進の金高を、大いに思い違いをしていた」

黒い法衣には似合わぬ格好で腕を組み、黙って考えることしばし。寛朝はもう一度若だんなに目を向けると、一つの提案をしてきた。

「どうだろう、一太郎さん。しばし私に力を貸してくれまいか。あんたは考えがしっかりしているようだし、強い味方もいる。そうしてくれると助かるんだがね」

協力してくれれば、いずれ礼に小丸を渡してあげようと言う。若だんなが返事をする前に、今度は仁吉が質問を返した。

「何をやらせようっていうんです？　若だんなは体が弱いんです。危ないことに首を突っ込ませせはしませんからね」

「こりゃあ過保護な子守が付いているねえ。おやおや、若だんなが不満そうな顔をしているよ。心配するな。寺内のことゆえ剣呑《けんのん》なことにはなるまいよ。まあ、多分な」

おかしなことが境内で続いている。一つならば、偶然かもしれない。二つであれば、首を傾《かし》げるところだ。三つ起こって放って置いたら、災難が降りかかるのを覚悟しなくてはならない。寛朝はそれは御免だという。

「分からないことの一つは、広人さんが死んだことだ。白状すると、寺では誰も広人さんが首を括ったとは思っていない」

やはり殴り殺されたようだ。

「もう一つは集まったはずの金子が、消えたらしいことだ。誰かが使い込んだかな。珍しいこととは思わないが、これ以上使い続けられてもかなわん」

最後の一つは、日限の親分が言っていた、巾着の件であった。

「誰ぞのいたずらかとも思ったが、あの件のすぐ後で、広人さんが死んだ。関連がないか調べておかないと、また慢心していると、そこな手代さんがたに笑われそうだ」

この三つの問題に、早々に説明をつけなくてはならない。一人では荷が重いが、僧が絡《から》んでいる話だけに、寺内の者の協力は仰ぎたくない。もしかしたら相談した相手が、広人を殺した当人かもしれないからだ。

それで寛朝は助けを求めている。今度こそ手代たちが返事をする前に、若だんなが決心した。

「分かりました。力を貸しましょう。あの、小丸は今、無事でいるんでしょうね」

「それは心配ない。護符を貼《は》ってあるから、部屋から出られないだけだ」

猫又は中で遊んでいるはずだと言う。

「しかし今回の問題の謎解《なぞと》きは、簡単ではないだろう。以前に一度、松に下がった巾着の件を人に相談したのだ。腕利《き》きと評判の岡っ引きだったのに、変な答えしか返ってこなかった」

寛朝が真剣な顔で言う。日限の親分に金を出した主が分かり、仁吉たちは顔を見合わせて、こっそり舌を出していた。

3

「生前、広人さんは副寺《ふうす》という係で、金の収支を担当していた。この寺の金を握っていたんだ」

寛朝は若い僧に何事か告げたあと、三人を直歳寮《しっすいりょう》から連れ出した。妙な巾着がぶら下がっていた仏殿裏の松の方へと、話しながら導いてゆく。気になって、若い僧に何を言いつけたのか若だんなが聞くと、副寺寮に金のことを探りにやったのだという。

「大丈夫だ。秋英《しゅうえい》は若いが武家の出でな。しっかりとしている。任せられるよ」

「お武家の出の御坊は、多いのですか?」

思わず問うと寛朝は頷《うなず》く。武家も三男、四男となると、養子先を探すのも大変だ。武家に限らず、諸事情で幼い頃より寺に預けられる者も多いという。

「まあ秋英も、世間知らずな年齢で寺にやって来た口でな。でも私がしっかりと躾《しつけ》てやったから、なかなかに世の中の事も分かっているし、使える男になった。私の手柄だな」

(手柄って……大丈夫かな)

いささか不安に思えてくる若だんなだったが、今はそんなことを考えている場合ではない。掃き清められた境内を歩きながら、今度は仁吉が、広人の役職、副寺とは偉いのかと問うた。すると寛朝の笑い声が返った。

「少なくとも、私よりはな」

ということは、寺の中枢《ちゅうすう》何人かの内の、一人ということになる。歩きながら若だんなは首を傾げていた。

(寛朝御坊が知らなかったということは、金の使い込みはまだ、発覚していない。なのに広人御坊は殺されてしまった。何故《なぜ》だろう)

広徳寺では伽藍《がらん》の内、中央にある仏殿は、少し土地が高くなったところに建っていて、更にその後ろの土地は、せり上がり小高くなっている。回廊も仏殿脇《わき》からは階段状に上がっており、天辺《てっぺん》に本堂があった。つまり松や樹木が生い茂った仏殿裏は小山の裾《すそ》にあたり、境内の中ほどにあるにもかかわらず、人目に付きにくい場所であった。

四人が広人の死体があった松のところに着くと、今は大きな猫が枝の上に、気持ちよさそうに寝そべっていた。

「小丸かい?」

思わず聞いたが返事がない。よくよく見れば妖《あやかし》の気は全くなく、ただの野良《のら》猫のようだ。横に立つ寛朝は、若だんなが猫に向かって話しかけてたことなぞ意にも介さず、さっさと眼目を話し出した。

「広人さんは寺の金を握っていたのだから、使い込みをしたのは彼かもしれない。それを苦にしての自決ならば話は通るが、面倒なことに殺された。寺に広人さん殺しがいると思えるんだ」

「殺される前に広人御坊が己で死んでくれれば、この話、放って置いたんですかね」

若だんなの横で、仁吉がぼそぼそと言っている。聞こえていないのか無視しているのか、寛朝はそのまま言葉を続ける。

「下手人の名までは分からぬが、理由は察しが付きそうだ。一太郎さんはどう思う？」

「使い込みをしていたのは、一人ではなかったのだと思います。金のことで、たぶん寺内の僧の誰かと揉《も》め、御坊は殺された。違いますか？」

若だんなの話を聞いて、寛朝が我が意を得たりという顔で頷いている。だが若だんなは松の木に手を掛けつつ、疑問を口にした。

「分からないことの一つは、広人御坊がこの木の下で殺されていたことと、松に派手な巾着がぶら下がっていた一件とに、繋《つな》がりがあるかどうかですね。共通しているのは、両方の話に松の木が登場するくらいですから」

この問には寛朝も黙ったままだ。ところが意外な返答が、隣の佐助から返ってきた。

「二つの件を結んでいるものなら、分かりますよ。それが意味することは、あたしには答えられませんが」

ぺらりと言われた言葉に、若だんなは思わず佐助の着物を摑《つか》んで、顔を覗《のぞ》き込む。

「それは……なんだい？」

「木天蓼《またたび》ですよ。先だって見た派手な巾着《きんちゃく》には、木天蓼が入っていました。死体の脇のこの松からも、木天蓼が匂《にお》いました。今でもよく匂ってますよ。ほら、枝にいる猫がとろりとした目をしていますよ」

木天蓼は猫の好物で、香りを嗅《か》ぐと酔ったようなしぐさを見せることは、よく知られている。そういえば先日猫又のおしろは、急に親分をからかいたくなったのだと言っていた。

「分かっていたなら、どうして直《す》ぐに言わないのさ。もしかして親分が長崎屋に来たときから、そうと知っていたのかい？」

「だって若だんな、聞かなかったじゃないですか」

若だんなはこめかみを押さえた。寛朝がこの時ばかりは、真面目《まじめ》な顔で言ってくる。

「……妖の相手は、なかなか大変そうだの、一太郎さん」

「両方に木天蓼が使われていたんです。巾着の件と広人の死は根が繋がっていたんだ」

しかし、と若だんなは首を傾げる。

「木天蓼を使って、何をしたかったのかしら？」

「広徳寺には小丸が預けられています。この寺の誰かが、猫又を釣る気だったとか」

仁吉の思いつきに、寛朝が渋い顔をする。

「木天蓼が匂おうと、猫又は護符が貼られているあの部屋から出ることはできん。そんなことは、この寺の者なら知っているはずだ」

広人御坊を殺したのは、一緒に金を使い込んだ寺内の僧のはずだった。ところが僧であれば、木天蓼を使うなどという馬鹿《ばか》はしないはずだと寛朝は言う。答えが矛盾する。

「やれ、なんでこんな話になるんだい？」

四人は松の下で、腕組みをすることになった。暫《しばら》くは誰からも声もない。

その時。

「かっ、寛朝和尚《おしよう》、大変ですっ」

声が足元から沸き上がってくる。何事かと見れば、寛朝の使っていた僧秋英が大あわてで、低くなっている山門の前方から階段を駆け上がってきていた。

「ご命令どおり副寺寮に行って、金の出し入れを確かめていたのですが……」

金の管理は元々副寺の役目で、直歳である寛朝の管理するところではない。それを押し切って寛朝からの使いが帳面を見たものだから、あっという間に副寺寮の僧たちから、寺の最上位、住持へ御注進がいったらしい。

「住持から寛朝和尚に、何をしているのか説明に来いとのお達しです」

「分かった。それで幾らくらい消えていそうだ？　それを確かめることは出来たか？」

聞かれて秋英は、一寸だけ笑いを口元に乗せた。副寺寮で歓迎されたとは思えないが、どうやらちゃんと、帳面を見てきたらしい。

「それが……千両はきれいさっぱり残っていないようです」

「良く調べた。使ったものだな。住持はお年で足元もおぼつかない。あの方が広人を殴り殺した人殺しのはずもないから、無くなった金のことは、まだご存じないだろうが……知ったら倒れかねんな。体に悪い話だ」

寺の責任者に呼び出されたというのに、にたりと笑った寛朝の顔には、恐れ入った様子など微塵《みじん》もなかった。この僧相手に問答しては、どちらが質問されているか、分からないような話になるに違いない。若だんなは少しばかり、まだ会ったこともない住持が気の毒になっていた。

さすがに住持のおわす方丈に客を連れてゆく訳にはいかないので、若だんなたちは直歳寮の一室に戻り、しばし休むこととなった。

「ねえ、若だんな。謎解きなんてまどろっこしいことは止《や》めて、さっさと小丸の居場所を突き止め、護符を破って連れ出してしまいましょう」

手代たちの意見は一致していたが、若だんなは寛朝をこの先、敵にする気はなかった。どう考えてもやっかいな相手だからだ。

当の寛朝はかなり早くに、部屋に帰ってきた。先程とは別の僧が出してくれた茶菓子を、早々に己もつまみ始める。

「お話は無事に済まれたんですか?」

「本当に住持の加減が悪くなられたのでな、医者と交代した」

千両が消えたと聞いて、心の臓に負担がかかったらしい。

「だから私が金を少しでも取り戻す努力をすると、言い置いてきた。端数もなく、きれいに千両消えているんだ。どこぞにまとめて金を移して、そこから出し入れしていたかもしれん」

寛朝が勝手に岡っ引きの真似《まね》事《ごと》をすると言ったのに、住持の周りの者からは、止める声は上がらなかったという。

(下手に止めたら、お前が金を取り戻せと、寛朝御坊に言われかねないものねえ)

どうやったら己の意見を通せるか、寛朝はよく心得ている様子だ。この分では寺の頂点に、凄《すご》い早さで登り詰めるだろう。

(でも、そのことを喜ぶ者ばかりでは、なさそうだけどね)

若だんなは首を一つ振ってから、金の話に集中した。

「ねえ寛朝御坊、無くなったのは大枚千両です。全部は使っていないにせよ、そんな金、広人御坊は何に使ったんでしょうね」

この当然と思われる質問に、他の三人は顔を見合わせている。なんだか己以外は答えを承知しているみたいで、若だんなは驚いた。寛朝がふっと笑ってから、話し出す。

「人間は毎年除夜の鐘で、百八つもの煩悩《ぼんのう》を清められても、また次の年の瀬までには、かき集めてしまう生き物だ。坊主《ぼうず》とて、色々欲を持っている」

だが僧であれば、衣に大枚をかける訳にはいかない。また、おのが部屋のものに金をつぎ込みたくとも、上等な火鉢や布団《ふとん》を用意するくらいがせいぜいだ。転役もある。多くの荷は持てないのだ。

食べるものにしたとて、精進ものと決まっているし、庫裡《くり》で作られるのだから、一人特別な食事というわけにもいかない。もちろん他出したおりの食事や菓子など、金を出せば多少は奢《おご》ったものを食べられるだろうが、千両もかかるわけがない。

「となれば、残る欲は色気だな」

だがこれとて、僧は女犯《にょぼん》を固く戒められている。

「行き着く先は、色子《いろこ》買いだろう」

「……陰間《かげま》ですか」

やっと話が飲み込めて、直ぐに察しがつかなかった若だんなは、少しばかり気恥ずかしくて背を丸めた。こういうことに疎《うと》いことが、年の割に子供だという証《あかし》のように思えたのだ。

「色子は値段が高いという話ですね。吉原の花魁《おいらん》、昼三《ちゆうさん》よりも更に高価だとか」

仁吉の言葉に、佐助も頷いている。二人とも、人とは比べものにならないほど齢《よわい》も重ねているし、市井《しせい》での暮らしも長いから世情に詳しかった。

「色子は昼夜呼べば、本人への支払いだけで、二両飛ぶという話で」

その他にも従者やら仲介した者へ、心付けを渡さなくてはならない。色子に払う値の数倍は金が必要だろうという。一度に十両以上も必要とあっては、並の僧ではとてものこと支払いが追いつかない遊びであった。

「広人さんと人殺しの誰かは、芳町《よしちよう》で景気よく、寺の瓦《かわら》代を使っていたのかもな。そこまではいいとして、どうして殺す、殺されるの話になるんだろうか」

首を傾《かし》げる寛朝に、若だんなが例えばこういう話はどうかと、口を開く。

「金がそろそろ底をついたんじゃないですか？　そうなると夢から覚めて、発覚するのが恐ろしくなった。副寺《ふうす》で金を預かっている広人御坊に全《すべ》ての罪を着せる気で、殺してしまったとか」

「ならばきちんと、首くくりに見せそうなものだが。まあ、突発的に殴り殺してしまったのかもしれん。だがそうだとしたら、木天蓼がどう関係してくるんだ？」

巾着に入れたり、松に直接置かれていたり。そのとき仁吉が木天蓼を入れてあった巾着について、思いつきを述べてきた。

「もしかしてあの巾着の派手な布は、芝居小屋から来たんじゃないですか？」

陰間には、役者修業中の舞台子が多い。

「例えばですよ、金離れが良い上客の坊主に、木天蓼を用意してくれと、色子が頼まれたとします。精一杯尽くした格好に見せて、もっと金を落としてもらおうと思ったかもしれない。布で派手な巾着をこしらえて、木天蓼を中に入れたんですよ」

芝居小屋で大物役者の側《そば》に仕えていれば、華やかな錦《にしき》でも手に入りやすいはずだ。舞台衣装は派手だし、仕立てるときには、小さな巾着を作るほどの端切れも出るだろう。

「なるほど、錦の出所は役者の衣装か。それはいいとして、木天蓼を松に吊《つる》した理由はなんだ？」

「そいつはまださっぱり、分かりません」

「手代さん、あんたはことを解決しようとしているのか、複雑にしているのか」

寛朝の問いに、仁吉は笑った。

「あたしらは若だんなが早く謎解《なぞと》きに満腹して、具合が悪くなる前に店に帰ってくださりゃあ、それでいいんで」

「……人殺しよりも金よりも、若だんなが大事かい」

寛朝が呆《あき》れたような顔を浮かべた。若だんなのほうは、手代たちの蜜《みつ》に漬け込んだ饅頭《まんじゅう》のような甘い物言いには慣れている。騒ぎもせず、きちんと正座した上で腕組みをし、三人の横で、一人ぶつぶつと考えに浸っていた。

「人殺し、人殺し……うーん、あいつを殺したい殺したい、殺したいよ……」

その言葉に寛朝が目を見開いて、若だんなを見つめた。

4

「あの、私は誰ぞを本気で殺す気はないですよ」

余りに部屋の内が静まったので、若だんながひょいと顔を上げて念を押した。すると、寛朝が大口を開け笑い出す。

「そりゃあ、そうさな。試しにこれから人を殺そうと思ってみる。すると、人を殺したい者の考えや行動が見えてくる。そういうことだね」

「はい」

「なんだ、そうなんですか。あたしはまた、若だんながどなたか葬《ほうむ》りたいのかと思いましたよ」

佐助がそう言って、寛朝をじっと見たものだから、僧は寸の間顔を強《こわ》ばらせた。だが直ぐに体から力を抜く。若だんなが怖い顔で佐助の耳を引っ張っていたからだ。

「いいかい佐助、話を続けるよ。例えば私が長崎屋の跡取りじゃなくて、広人御坊を殺したいと思っている僧だとして……」

広人を殺したい。殺したくて堪《たま》らない。そしてある日、人気のない裏庭の松に……広人と一緒に……そうだ、共に木天蓼を取り付けているところであったかもしれない。

(そうとすれば、人気の無い庭に広人御坊と人殺しが居合わせた説明がつく)

広人に隙《すき》が出来たので、咄嗟《とっさ》に石を拾った。後ろからそっと近づいて、殴りかかる。頭から血が飛び散って衣にかかったが、墨染めなので目立たない。広人がゆっくり倒れてゆく……。側に寄り広人が死んだのを確かめた後、その体も木天蓼もほったらかして、急いで逃げた……。

ここで若だんなが、首を傾げた。

「……変だねぇ、松の木の近くには階段があったよね。私だったらあそこまで御坊を運んで、落ちて頭を打った格好にしておくけどな。でなかったら首つり用の縄くらい、調達してきて側に落としておく」

「それは良い考えですね」

手代たちが、頷《うなず》きあっている。

「そうやっておけば、本当に事故死で通ったはずだ。なのにどうして、早々に死体の側を離れたんだろう」

寛朝の言葉に、若だんなが首を傾げている。

「部屋から抜け出た猫又が木天蓼に引かれてやって来たので、人殺しは怖くなってあの場から逃げた、というのなら話は繋《つな》がるんですがね」

「猫又は今でも部屋に押し込められたままだよ」

「まだ木天蓼を松に置いた意味も、分かっていません。猫を釣るつもりだったとしか思えないんですがね」

寛朝のにべもない言葉に若だんなが悩んでいると、庭から猫の鳴き声がした。「小丸?」思わず若だんなが立ち上がったとき、着物の裾《すそ》で湯飲みをひっくり返してしまった。茶が畳にこぼれる。足にかかった。

「わ、若だんな!」

悲鳴を上げたのは、二人の兄《にい》やたちの方だ。

「火傷《やけど》をしませんでしたか?」

「医者を呼びましょう。いえ、私が担《かつ》いで行きます!」

二人して大あわてで若だんなの側に飛んできたから堪らない。足元に転がってた湯飲みは手代たちに蹴飛《けと》ばされて庭に落ちてしまった。かしゃんと、割れるはかない音が聞こえた。

「ちょいと、湯飲みを壊してしまったよ」

「あんなものより、若だんなが大事です!」

兄や達に畳にひっくり返され、足袋を脱がされたあげく、火傷の有無を確認される。側で寛朝が、新手の妖《あやかし》が現れてもかくは驚かないと思える顔で、こちらの騒動を見ている。

「もう茶は冷めていたじゃないか。なのに茶碗《ちゃわん》より火傷の心配とは、全く考えることが逆だよ！」

畳に這《は》いつくばったままの格好で、思い切り不機嫌な声を出す。そのとき若だんなは、己の言葉に驚いて黙り込んだ。

「……逆？」

ぽんと頭に浮かんだことがあった。ずりずりと這いずって兄や達の手から逃れると、寛朝の前に立ち、いまだに驚いた顔のままの僧に、身を乗り出して話し出した。

「御坊、逆だ、逆だったんです。目を付けなくてはならなかったのは、猫でも猫又でもなかったんだ」

「若だんな、ちっと落ち着いてくれると、話が皆に分かりやすくなるかもしれないがね」

言われて周りを見れば、兄やたちや寛朝が煙に巻かれたような顔つきをしている。若だんなは一息ついて、畳に座り直した。

「猫又を釣ることが、木天蓼《またたび》を吊した目的じゃあ無かったんですよ。猫又をおびき出したかった。そして猫又のいる部屋を空にしたかったんです。人を呪《のろ》い殺したと言われている妖と、面と向かって対峙《たいじ》する度胸が、広人御坊らには無かった。だから木天蓼を用いたのでしょう」

「あの部屋は普段使っていない、用のないところだ。だから預かった猫又を閉じこめたんだ。なんでそんなところを空にするために、手間暇を……」

言いかけた寛朝が、言葉を切り黙った。疑問を口にしている間に、答えが見えたのだろう。

「空き部屋は少ない。もし猫又のいる部屋に、たまたま金が隠してあったとしたら。人なら護符は簡単に破れるが、そうすると中から猫又が出てきてしまう。それは怖い。だから木天蓼を木に吊した上で護符を破いて、猫又を部屋から遠くへおびき出すつもりだったのか」

その間に金を取り出す気だったのだ。寛朝に向かって若だんなが頷く。

まだ人殺しは誰かとか、何故《なぜ》仲違《なかたが》いがおきたかとか、疑問は残っている。だがこれで、対処の方法が見えてきていた。

「計画は失敗して、小丸が未《いま》だに部屋の内にいますよね？　ということは、広人御坊を殺してしまった者は、まだ金を手に入れていないはずだ」

だから小丸はただの猫だったということにして、寛朝が自ら護符を破き、小丸を若だんなに渡して欲しいという。そうすれば、人殺しは部屋に入れるようになる。出入りを見張っていれば広人殺しが誰か、見極めることが出来るはずだ。

「なんだかなぁ、若だんなに都合のよいやり方だよなあ」

「いいじゃないですか。どうせ事が終わったら、小丸は返して下さるはずだったのだし」

「……まあ、今度の話は、黙っていてもらわなくてはならぬからな。仕方ない、口止め料の先払いだ」

やっと小丸を返してもらう話になり、若だんなたちは、仏殿を挟んで庫裡《くり》とは逆さま側にある、衆寮《しゅうりょう》に向かった。僧堂の奥に建っていて、隣は接賓寮《せっぴんりょう》だ。この辺りは大分小高くなっていて、衆寮脇《わき》、小さな庭に砂で作られた川の流れには、石で出来た滝があった。

「ここに猫又がいるんだよ」

寛朝が指さしたのは、西の端に位置する小さな部屋であった。護符を破いて戸を開けると、途端に中から猫が飛び出してくる。白黒のぶちで、四本の足はきれいに足袋を履いていた。若だんなが抱き上げると、満足そうに腕の中に収まった。

（確かにしっぽが二股《ふたまた》になってきているね）

呼べば振り向くが、まだ人のように返事をするには至っていない様子だ。

四人でざっと薄暗い中を見てみたが、小部屋で目に入るのは本ばかりであった。何しろ壁沿いにぐるりと、本や巻物が積み重なっていたのだ。部屋の内側に分厚い壁が、更に一層あるようだ。中には天井近くにまで達している部分もある。下の方のものは、行李《こうり》や木箱に入っているものも多い。地震が起こったときこの部屋にいたら、押しつぶされそうであった。

金がどこに隠してあるかは、皆目分からなかった。とにかく、光る小判が目に入らないことは事実だ。

まあ人殺しが来れば、金の隠し場所へも案内してくれるはずと、若だんなたちは詳しくは探さずに部屋から出る。その上で寛朝が他の部屋から僧たちを呼び、猫又騒ぎは間違いだった故《ゆえ》に、もう本の部屋を使って良いと伝えた。

そうしておいて寛朝は、小部屋を庭先の木陰から隠れて見張ることにした。だが若だんなが同じ事をしようとしたら、これを手代たちが承知しない。

「絶対に駄目です。庭にしゃがんでいたら、風邪をひきます。熱が出ます。寝込みます!」

笑い出した寛朝が、庭には己一人がいると言う。何かを言う前に、佐助が若だんなと小丸を小脇に抱え、さっさと本堂へ続く回廊の階段に、連れて行ってしまった。

確かにそこは座りやすかったし、待つには大層楽だった。風も当たらない。少し遠かったが、連子窓《れんじ》から衆寮の小部屋も、はっきりと見えた。

しかし気分は大いに憂鬱《ゆううつ》で、若だんなは小丸を抱きしめていた。全くもってあの寛朝に笑われるのは、面白い気分ではない。

「本当にいつもこうだから、私は子供だって言われるんだよ。こんなに離れていたんじゃ、人殺しが現れたときに、駆けつけるのが大変じゃないか」

「なに寛朝御坊お一人でも、造作なく捕まえられますよ。お強そうだ」

小丸も取り戻したし、本当なら長崎屋に帰りたいところだと仁吉が言いだし、ちらちらと若だんなを見てくる。

「約束破りはいけないよ」

そう釘《くぎ》を刺すと、仁吉は諦《あきら》めたかのように小さくため息をつく。その後袖《そで》の中から、いつもの若だんな専用の合財袋を引っ張り出し、手妻《てづま》のように菓子やら竹筒に入った飲み物やらを取り出して勧めてきた。

緊張感の欠片《かけら》もないその態度に、今度は若だんながため息をつく。だが腕の中の小丸は喜んだ。饅頭《まんじゆう》が欲しそうに鳴き始めたので、若だんなは一つ手に取ると、半分ちぎって食べさせる。全部やると兄やたちの機嫌が悪くなるので、半分は己の口の中に放り込んだ。

その時。

「おや、早々に来ましたね」

佐助の小さな声がした。また部屋を塞《ふさ》がれては剣呑《けんのん》だと思ってか、広人殺しの下手人は現れるのが早かったようだ。見ている間に、部屋の中に人影が消える。寛朝が後から部屋に入るのが見えた。

「こりゃあ、不味《まず》いですね」

隣で仁吉が厳しい顔で言った。

「なんでさ？　寛朝御坊なら、一人でも対応出来ると言ったのは、お前じゃないか」

若だんなが聞くと、仁吉の手がさっと僧房脇の茂みを指さした。目を凝らすと、もう一つ動く影が見える。

「なんと、人殺しは二人いたのか！　二対一では、寛朝御坊が危ないよ。仁吉、佐助、どうして走らないんだい？　加勢に行かないのかい？」

「あの食えない坊さんを、助けるんですか？　坊主《ぼうず》がもう一人減ったって、お江戸は大丈夫だと思いますが」

「そうだよねえ」

二人はとんと、動こうとしない。

「ならば私がゆくよ。止めるんじゃないよ」

腹を立てた若だんなが、小丸を抱いたまま階段を下りかけると、佐助がひょいとその体を抱えあげてしまった。

「こら、何するんだい！」

思わず声を荒げる。隣から仁吉の面倒くさそうな声が聞こえた。

「分かりましたよ。仕方ない。助けてきますから、大人しくしてください」

言い終わったときには、姿が見えなかった。寸の間の内に僧堂脇まで駆けて行くと、直《す》ぐに中に消える。まさに妖の所作、人には及びもつかない動きであった。

「どうなるのかしらね。佐助、御坊は大丈夫なんだよね」

気になって首を伸ばしていると、突然ふわりと体が浮く気がした。気が付けば若だんなを抱えた佐助が、仁吉に劣らぬ早さで僧堂に向かい回廊を走り下っている。仁吉が堂宇の中に消えてからいくらも経《た》たない内に、若だんなたちは、問題の部屋の前に来ていた。

5

中で何が起きているのか知りたくて、若だんなは木製の引き戸を、そっと小さく開けた。途端、

「きえええええっ」

気合いの入った叫び声が響く。誰ぞの背中が、窓を背にして立っている仁吉に向い、突進してゆくのが見えた。手に光るものを持っている。脇差しのようだ。だが若だんなはさしたる緊張感も無く、その様子を見ていた。

思った通り、二人の姿が重なったとたん、いきなり法衣を着た姿が吹っ飛んだ。戸の側《そば》に転がり、床に突っ伏す。直ぐに仁吉が、上から押さえ込んだ。ごんっと無情な音がして、僧は動かなくなる。つまらなそうに手の先を細かく振りながら、仁吉が立ち上がった。

もう危険は無いと見て、若だんなが戸を大きく開ける。その途端！　何かが飛んできて、大きな音と共に直ぐ側の、戸の端にぶつかった。若だんなが顔を引きつらせ転ぶ。佐助がさっと顔を険しくして、部屋内に視線を向けた。中に飛び込む。

「ひっ……」

奥の方から聞こえてきたのは、短い声だった。積み重なっている本の山の裾野から聞こえてきたようだ。見ると本にめり込むようにして、法衣を着た男がもう一人、伸びていた。

思っていたとおり、広人殺しは僧の仕業だったというわけだ。推測が当たったというのに、若だんなは小さくため息をついた。

「それで、寛朝御坊はご無事かな」

部屋を見渡せば、本の山の間で頭を抱えている姿があった。

（良かった、生きているよ）

若だんなはほっとしたが、当の僧は顔をしかめ、俯《うつむ》いている。大丈夫かと声をかけると、瘤《こぶ》を押さえて座り込んだまま、うめくような声で話し出した。

「二人いるとは思わなかった。私は見つかっていたのか、この部屋に入るなり襲われてね。あの箱で殴られたんだ。命が助かったのは、あれが空で軽かったからだろう」

瘤をさすりつつ指さした先には、細長い千両箱があった。先程若だんなの方へ飛んできたのは、この箱だったらしい。人殺しは部屋に入って真っ先に、これを手に取っていたのだ。千両箱といっても色々な大きさがあるが、あまり大きい方ではなかった。

（長崎屋なら五千両入れる箱を扱うこともあるが、これは名前通り千両入れるものだね）

それでもあちこちに金具を打ち付けてある箱は、大層頑丈で重そうであった。寛朝の瘤の原因がこの箱だったとしたら、まともに殴られた訳ではないだろう。今は蓋《ふた》が開き、空の中身を見せている。

若だんなは気を失っている僧らの方を見て、目を見開いた。知った顔では無い。ただ、二人とも余りにも若かったからだ。

広徳寺へ来たとき、境内で作務《さむ》をしている若い僧たちを見かけた。その一団にいた者らかもしれない。若だんなよりも年下のように見えた。頼りないような子供っぽさが、顔に残っている。

「こんなに若いのに、人を殺したのか？　何をどう間違ってしまったんだ……」

寛朝はちらりと倒れている僧らを見た。同じ寺内の者、勿論《もちろん》見知っているに違いない。だが苦虫を噛《か》みつぶしたような顔のまま、声もなかった。

そうしている内に、一人が目を覚ました。

驚いたことに、若い僧は起きあがると真っ先に、近くに転がっていた千両箱の方へ、手を伸ばしたのだ。じきに片方も起きあがって、同じく箱に目をやった。

「畜生、金はどこへ消えたんだ！」

気を失っていたせいか、己がどういう状況にいるのかを、分かっていない様子に見えた。必死に箱を摑《つか》んでいる。それともただ、罪の重さを計れないでいるだけなのだろうか。若だんなはただ、立ちつくすことしか出来ない。寛朝がゆっくりと立ち上がった。

「照山《しょうざん》！　浄秀《じょうしゅう》！　何をやったのか、分かっているのか！」

腹の底から足先まで痺《しび》れるかと思うほどの、大喝であった。さすがに二人とも黙り込む。

しかしそれでも若い僧は、しゃんと立ったままだった。重たい空の千両箱をまだ持っている照山の姿が、若だんなには気味が悪かった。そのまま見ていると、暫《しばら》くして若い僧たちの顔に血の色が戻ってくる。部屋の真ん中にすとんと座ると、言葉を言う余裕も取り戻してきた様子だった。

「……金が必要だったんです」

言葉に出してそう言うと、顔つきまで頑固なものになってくる。

「なのに見つけられない。何もかも承知で、寛朝和尚《おしょう》が金を隠したんですか？　だから猫又なんていう、いもしない妖《あやかし》のことなんか言い立てて、この部屋を塞いだんですか?」

若いせいか興奮しているのか、男にしては甲高い声で照山はわめいている。普段は口数が多い寛朝が、このときは直ぐには答えなかった。唇を嚙んでいるようだ。

「……二人とも、金を何に使う気だった? 御仏《みほとけ》の教えに背き、人を殺《あや》めてまで手に入れなくてはならない金子の使い道は、何なんだ?」

寛朝に真正面から見据えられ、僧たちはひるんで、座ったまま身を引くような素振りを見せた。だが直ぐに見返すと、今度は浄秀が口を開く。

「私たちは……人助けをするつもりだったのです。約束したんです。必ず期日までに金を届けると」

照山が、親が患《わずら》っていて高直《こうじき》な医者代が必要だという者の話を持ち出した。浄秀が、人に騙《だま》されて、親代々の古い店を取り上げられそうになっている者の話を出してきた。どちらも早々に、大金を用意しなくてはならないのだという。

「たとえこの身がどうなろうと、何を言われようと、ちゃんと約束を守ってやるつもりなんだ」

親戚《しんせき》かと聞かれて、二人は首を振った。亡《な》くなった広人和尚の供をして外出をしたときに、知り合った者たちだという。

その時、若だんなの横に立った仁吉が、突然浄秀に、その困っている店はどこにあるのかと聞いてきた。日本橋の室町だが店の名は知らないと聞き、笑い出す。

「仁吉、どうしたんだい？」

「どうしたもこうしたも、若だんな、店があるという辺りは、大店《おおだな》が集まっているところですよ」

そこで老舗《しにせ》の乗っ取りがあれば、嫌でも近在の店に噂《うわさ》が知れ渡る。だが長崎屋の手代である仁吉は、そんな話を聞いたこともなかった。

「嘘《うそ》くさい話だ。このお若い御坊方は、広人御坊も知らぬ内に、とんだ知り合いを作ったみたいですね」

この上野からなら、芝居小屋のある猿若町《さるわかまち》が近い。広人は芳町まで行かず、近くで色子買いをしていたのではと、仁吉は推測する。

行く回数が重なれば、従者には広人がしていることくらい、分かっただろう。使う金は広人のものではないから、その内に口止めを兼ねて、二人にもこっそり遊ぶお許しが出る。だが……。

話がそこまで来ると、若だんなにも先が見えた。

「こちらの若いお二人は、和尚が遊んでいる間に、色子買いなどしなかったんだ。猿若町からそう遠くないところに、吉原《よしわら》がある……」

そこまで言ったとき、さっと寛朝が振り向いてきた。いい加減悪かった顔色が、更に蒼《あお》くなっている。

僧侶《そうりょ》の女犯《にょぼん》は、それは厳しく罰せられるものなのだ。この罪だけは発覚すると、寺に任されることなく、体に縄を打たれ日本橋の袂《たもと》で莫蓙《ござ》の上に座らされ、晒《さら》される。僧籍も剥奪《はくだつ》、寺を追われることとなる。

更に遠島《えんとう》となることすらあった。重罪人と共に、もう帰れぬかもしれない島に送られるのだ。それ程の罪であった。

「広人御坊に金を出してもらっていたにせよ、お大尽遊びが出来るはずもなし。吉原では安い鉄砲河岸《がし》にでも行ったのでしょうか。そこで病の身内がいる、家が取られそうで困っていると、遊女に金をせびられた。客から金を巻き上げるのに使う手管だ。昔からよく聞く話です」

若だんなですら、聞いたことのあるやりくちだ。物語の中にも出てきたりする。二人は遊ぶとき、僧籍を隠すために医者の姿にでも化けたのだろうが、妙な客だと、すぐに遊女には分かったに違いない。世間知らずが狙《ねら》いを付けられ、大枚を引き出そうと話を持ちかけられた……。

「違う！　おたづはそんな女ではない。私が助けてやらねば、本当に困ると言っていた。私は頼りになる男なのだと言っていたんだ。弟みたいだと。家族と思っていいのかと」

照山の言葉の後に、浄秀も続く。

「おいちは……もう死にたいと泣いたんだ。私は僧だから、何としてもあの女を救わなくっちゃあ。なんとしても……」

人を殺したばかりの相手から聞いているのでなければ、笑いだしそうな言葉だった。いや、人殺しから聞くから、却《かえ》って奇妙なのだろうか。芝居の為《ため》の本に書いたとて、月並みすぎて駄目だと言われそうな話だ。それでもその言葉をそのまま飲み込んでしまったのだと、二人は言っている。

(真実、遊女の言葉を信じていたんだろうか。それとも、そんな風に頼られる己に、酔っていたのか。あなたはなんと凄《すご》いお人か、なんて言われて……)

甘い甘い言葉だ。修行中の僧が、滅多に耳に出来ない言葉でもあるだろう。遊女は、つらくて煩《わずら》わしい寺での作務も、和尚からの小言も抜きで、若い僧を褒めそやしてくれたのだ。精進しなくていい。ただ顔を出すだけで、褒め言葉が降ってきたのだ。

若くして家から出ねばならなかった僧たちが、何を切実に願っているか、見抜かれている。身内そのものだと声をかけられたのだ。心地よい。もっと欲しい。もう一度聞きたい。

だけど。

(口当たりの良い言葉が大事で、頭の中から実の家族の思い出が、師たちの言葉が、抜け落ちてしまったのか)

余りに昔の話になって、二人には思い出せないのだろうか。若だんなが苦い思いを抱えている間にも、照山の言葉は続いた。

「どうしてもまとまったものが入り用になった。なのに金を……借りようとしたら、広人和尚は肝心の金が置いてある部屋に、入れなくなったというんだ」

なんと、猫又が寺に預けられてきて、部屋が護符で封印されたのだという。そんなものがいては、恐ろしくて封印を破くことも出来ない。だが何としても、遊女との約束は果たさなくてはならない。

二人が猫又を木天蓼《またたび》で誘い出そうと提案したら、広人が色子から、酷《ひど》く派手な巾着《きんちゃく》に入ったものを調達してきた。広人は色子に無理が言える己が誇らしかった様子だったという。

「だけど計画は上手《うま》くいきませんでした。派手な巾着が噂になり、護符を破く前に松に人が集まってしまったんです」

浄秀が懐《ふところ》からきらびやかな巾着を取り出して、睨《にら》み付けている。どうやら今でも木天蓼を持ち運ぶのに、使っているらしかった。とにかくその時三人は、一旦《いったん》手を引いた。

しかし金をあきらめることが出来ない。今度は目立たない場所の木に木天蓼だけを置き、こっそり猫又の部屋の護符を破った。

ところが。

千両箱は部屋の内にあったが、中身が空だったのだ。まだ五百両はあったはずなのに、三人には無くなった理由が分からない。その内、お互いを疑いだした。

特に広人和尚には、二人の並外れた金への熱心さや、巾着を作った色子に対する態度が、引っかかったらしい。二人の僧にあれこれ質問をし始めたのだ。

「それまで気にしたこともなかったのに、今までどこで遊んでいたのかとか、買った相手の名とか、細かく聞いてくるんですよ。不味《まず》いことになったと思いました。女犯には厳罰が下ることは、知っていましたから」

二人は急に、追いつめられた気持ちになったのだ。

「このままでは島流しになる。金も手に入らなくなる。女に会えなくなる。金を渡すことも出来なくなる。せっかく頼りにされ、そりゃあ尊敬されていたのに、何もかも失ってしまう。そう思ったんです」

二人がかりなら、広人御坊を殴り殺すのは、たやすかったと言った。護符を破いてしまったので、猫又の仕業にみせかけようと、広人の死体を木天蓼が置いてある、回廊裏の松の脇《わき》まで運んだのだ。あの木に猫又はいるはずであった。

だが戻ってみたら、猫又は部屋の内、本の隙間《すきま》で眠っていた。そのままでは不味いことになる。二人は部屋を開けたことを隠せば、広人は自殺と見なされるかもと思ったのだ。急いで戸を閉め、寛朝が信者に渡すために用意してある護符を何枚かかすめて、張り直したのだという。

「念の入ったことをしたものだ」

寛朝が照山らの真正面に立つ。両の手で若い僧らの剃髪《ていはつ》した頭を掴んだ。地の底から湧《わ》き出すような低い声で、一言問うた。

「一人でいたら、殺したか？」

部屋は静かなままであった。

「一人で広人さんと向き合っていたら、お前は人殺しになったのか！　一人だったら女のことも白状して、罪を謝ったんじゃないのか？」

二人は寛朝の顔を見ていなかった。

「広人さんは、いきなりお前たちを罰したり、しなかったかもしれん。話を聞いたはずだ。そうは思わなかったのか」

「こ、広人さんだとて、寺の金を使い込んでいたじゃないですか」

「我々が使った金は口止め料だったんだ。そんなお人に、何で謝らなきゃならないんだっ」

浄秀らの叫びに似た言葉に、寛朝の返答が怒りで震えている。顔の方は何故《なぜ》だか泣きそうに見えた。

「誰が一人の僧に謝れと言っているんだ？　私は御仏に懺悔《ざんげ》するようにと言ったんだ。お前たち僧なのに、そんなことも分からなくなっているのか……」

それきり、部屋の中は静かになった。部屋内に五人もいたにもかかわらず、暫く……誰の声もしなかった。

6

「これは一太郎さん、お久しぶりだ。また寝込んでおいでだったのかな」

一月も経《た》った頃、若だんなが兄《にい》やたちと広徳寺へ顔を出すと、庫裡《くり》の自室で迎えてくれた寛朝の言葉がこれだった。

「嫌ですね。変な挨拶《あいさつ》を覚えないでくださいよ」

ちょいとふくれた顔を見せたあと、若だんなは喜寿亭羅《かすていら》を風呂敷《ふろしき》から取り出して、寛朝の前に置いた。横に小さな袱紗《ふくさ》包みを添える。

「こちらは住持へ。心の臓のために」

瓦代《かわら》の一部にと言うと、寛朝は笑って寄進を受け取った。今日も若い秋英という僧が、茶を運んでくれた。寛朝には遠慮のない仁吉が、境内で作務をしている中には見かけなかったと、件《くだん》の僧らのことを尋ねる。

「無事でいる」

寛朝はそう返答した。

「ただ、もうここにはいない。江戸からも去った。縁の寺に頼んで、別々に置いてもらっているのだ。どちらも雪深い山にある寺だ。もう遊びには出られない。御仏と向き合う時も増えようよ」

人殺しだと騒いだり、外には分かってもいない女犯のことを言い立てては、若い者たちがこの先、立ち直れなくなってしまうかもしれない。寺内で話し合い、二人の処遇を決めたのだ。

「ただ、あの僧たちが本心、気が付いてくれればいいんだがな。ものごとには、いくら反省し謝っても、追いつかないことがあるのだと」

殺した者がどう言葉を並べ立てても、死んだ広人は帰ってこない。それは動かすことができない、絶対的な事実だった。許してもらえることがあっても、当人からではない。

「だからやってしまったことは、死ぬまで己で背負っていくしかない。重いことだ」

広徳寺を旅立つ日に、寛朝は二人にはこの話をしたのだという。この時も返事が無かったらしい。どう言葉を返したらよいか、まだ二人の中に、口に出来るだけのものが無いのだろうと、印象を語った。

「ところで一太郎さん、あれからまた雲を捕まえたかな」

茶を口元に運びながら、寛朝はにやりと笑った。途端に脇にいた佐助たちの口からも、笑いがこぼれる。若だんなは憮然《ぶぜん》としていた。

実は『桃色の雲』を、あの一件の最後に、見つけたのだ。

驚いたことに雲はこの広徳寺の、猫又が閉じこめられていた部屋の内にあった。それだけではない。千両箱から金子が消えたのには、『桃色の雲』が関係していたのだ。

「まさか鳴家《やなり》達が荷担していたとはねえ……」

隣で佐助が笑っている。若だんなも、二人の若い僧が捕まった後のことを思いだし、苦笑するしかなかった。

照山らは、じきに他の僧らの手で、僧堂の小部屋から連れ出されていった。その姿が回廊の先に消えてゆく。

「このたびは本当に、世話になった」

寛朝が改めて長崎屋の三人に頭を下げる。猫を取り戻しにきたら、こんな結末に行き着いてしまい、若だんなも言葉がない。黙ってお辞儀を返した。

そのとき。

四人の前に、雲は現れたのだ。柔らかく輝き、ふわりふわりと浮きながら、ゆっくりと部屋を横切ってゆく。寛朝は目を皿のようにしていた。若だんなの顔が、ぱっと明るくなる。

「雲だ！　見つかった！」

だが、もっと喜んだ者がいた、なりかけの猫又、小丸だ。面白いものが見つかったと、酔ったような鳴き声を出しながら、雲に向かって踊るように手を伸ばし始める。

「これ小丸、これは私の大事な雲なんだから、手を出さないでおくれ……」

言っている最中に、ことは起こった。小丸は確かに手は出さなかった。しかし口を大きく開けると、本を踏み台にして飛び上がり、ぱくりと雲に嚙《か》みついたのだ。

大した大きさではなかったから、二口で小丸のお腹《なか》に消えてしまった。若だんなは声もない。どう言ってよいのか分からないのか、手代たちも声を掛けてこない。

そのとき、頭の上からきゃわきゃわと、引きつったような声が降ってきた。見れば天井の板が一部外され、鳴家たちの顔がたくさん、そこから覗《のぞ》いていた。

「もしかして……雲をここに持ってきたのは、お前さんたちかい？」

佐助の問いに、恐る恐るという感じで、鳴家が頷《うなず》いている。もちろん雲に手を出したのは、長崎屋の鳴家ではなかった。だが古い家には鳴家がいるものだし、広徳寺にも、猫又のおしろがいる家にもいた。中の一匹がおしろについて長崎屋に来ていて、雲を見た。閉じこめられている小丸のためにと、後で長崎屋からかすめていってしまったのだ。

「広徳寺に雲を運んできたって、護符が貼《は》ってあるから、この部屋の内には入れなかったろうに」

「そうです。仕方ないんで、天井裏に回ってみたんです。そこに箱があったんで、それに雲を入れて、部屋の中に落としました」

「一体どんな箱だったんだい？」

仁吉がまさかという顔で尋ねると、鳴家は床に転がっている千両箱を指さした。

「もしかして広人御坊は、本を踏み台にして、部屋内から板をあげ、天井裏に千両箱を隠していたのかね」

鳴家たちが嬉《うれ》しそうな声をあげた。

「当たりです。大当たり」

「でね、そこから少しずつお金を持っていってたんです」

広徳寺の鳴家たちが頷いている。

「あの箱は『桃色の雲』を入れておくのに、ぴったりで」

「中の金は邪魔なので」

「それでね、全部下の部屋に落としちゃいました」

鳴家たちは天井の隅に並んで、揃《そろ》ってにこにこしている。

「その、落とした小判が見あたらないよ。どこへ行ったんだい？」

仁吉が問うと、きゃたきゃたと一斉に返事があった。

「小判を降らせたら、何故だか小丸が不機嫌になりましてね」

「糞《ふん》に砂を掛けるように、小丸が後足で小判に本を被《かぶ》せていましたよ」

「糞と同じほどの大きさのものが、部屋にあるのが許せなかったんでしょうかね」

天井から重くて硬い金の雨が降ってきたら、下にいる者はたまったものではない。しかし、鳴家たちはさっぱりそんなことは、考えなかった様子だ。

『桃色の雲』という、素敵なものを土産に持ってきたのだ。褒められるとしか思わなかったに違いない。若だんなはため息をついた。

「あれまあ。小判が見つからないはずだよ」

話題の小丸は床の上で、照山が部屋に残していった木天蓼入りの巾着と、酔っぱらったみたいに戯《たわむ》れていた。

(これが部屋にあったんだっけ……)

これでは雲を食べられても、怒ることもできない。若だんなは仕方なく、仁吉たちや寛朝と、本をひっくり返して小判の回収にかかった。その情けなくも残念そうな顔を見て、寛朝が声を殺して笑っていた。

「あれ以来、『桃色の雲』にはお目にかかっていませんよ」

寝付いているときなど、若だんなは、この世の中には確かに取り返せないものがあるのだと、寂しく思う。

だが雲ごときでそんなことを言ったら、目の前の寛朝に説教をされそうで、大人しく黙っていた。

小丸は悪さをしないと約束させた上で、知り合いの問屋に引き取ってもらった。夕焼け空の雲を眺めては、時々ぺろりと舌で口元を嘗《な》めているという。

産　うぶすな　土

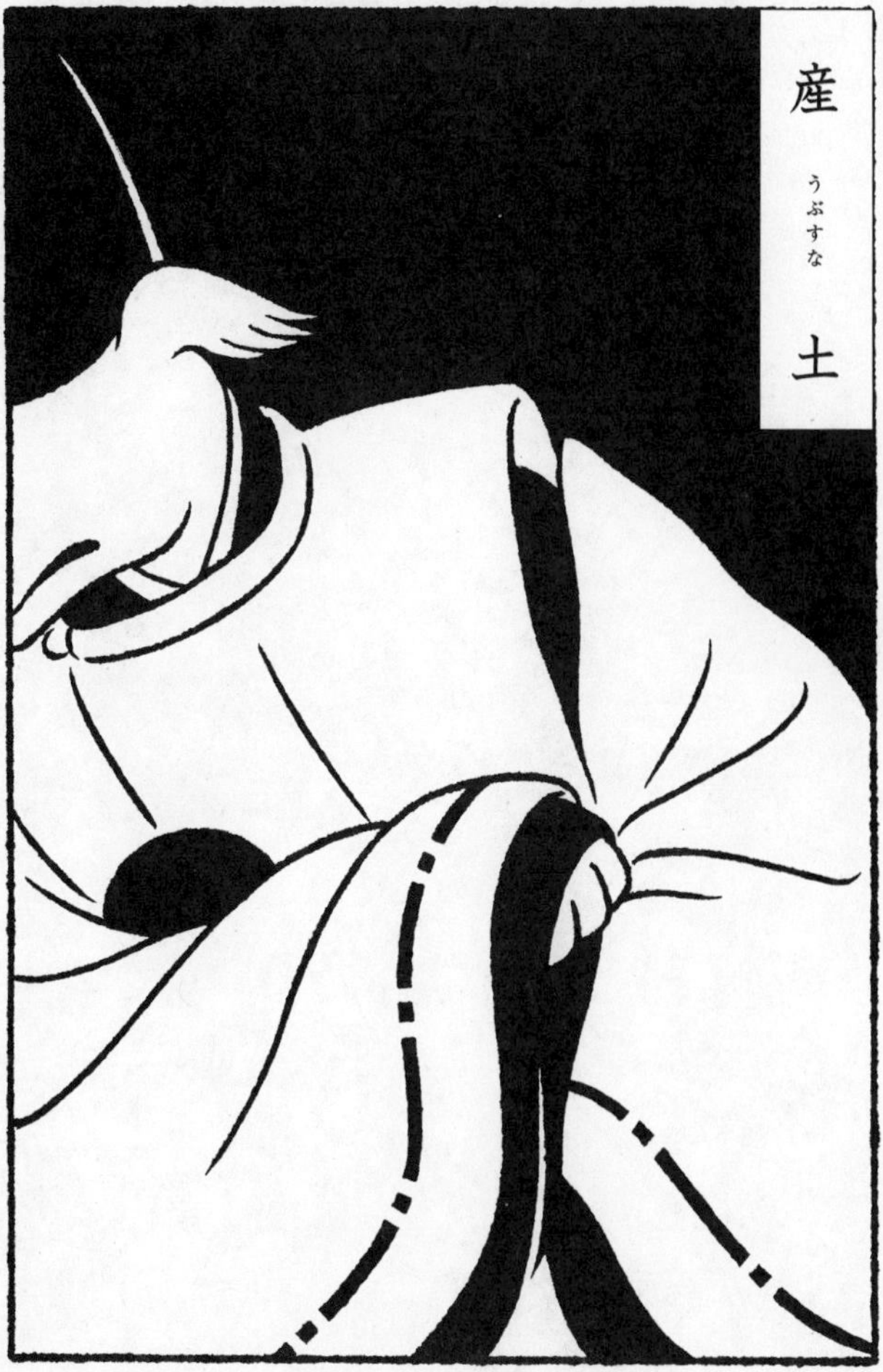

1

いにしえの事であったという。

真言宗の開祖、弘法《こうぼう》大師様が旅の途中、ある農家で宿をお借りになったことがあった。近在に大きな野猪《のじし》が現れ、畑地を荒らしているとお聞きになると、懐《ふところ》から料紙をお出しになって、なんぞ書かれ、家の主《あるじ》に授けた。

これは呪禁《じゅごん》であって、猪《いのしし》の害を防ぐ。しかし、紙の封じ目を切ってはならぬ。

そう言い残されていたのに、猪が出なくなると、人々はその不思議の訳を知りたさに、言いつけを破って、紙を破いた。

中には一匹の犬の絵が描かれてあった。村人が見守る中、それは紙の上から抜け出すと、犬神《いぬがみ》となり、何処《いずこ》かへと去った。

「わあっ」

表の道から編み笠《がさ》が飛んできて、店の帳場格子《ごうし》に当たって跳ね上がり、板間に転がった。藍暖簾《あいのれん》の下で、小僧が箒《ほうき》を持ったまま顔を引きつらせている。怒声が途切れずに続く。一人や二人の声ではなかった。

「若だんな、何の騒ぎですか？」

横手の土間にまで響いてきた大声に、荷を確かめていた犬神が急いで帳場の方に顔を出すと、若だんなが困った顔をして、道の方を向いている。店の真ん前で、数人の門付《かどつ》けらが、どちらが先に芸を見せるかで、派手に言い合っていた。

「おきゃあがれ」

「割り込んできたのは、そっちだろうがっ」

住吉《すみよし》踊りをする願人坊主《がんにんぼうず》の一行と猿回しで、間の悪いことに、かち合ったらしい。若だんなが毎度、銭をはずんでやるものだから、ここのところ、顔を出す門付けが増えていた。店の隅の陰で、鳴家《やなり》達もぴりぴりとして、ぎしぎし声を上げている。

「これじゃあ、お客が入って来られないよねえ」

若だんなは苦笑を浮かべ、店の表に近い所から犬神の方を振り向いた。

「それぞれに、いくらかやっておくれよ。そうでなきゃ、収まらないだろう」

「若だんな、麻疹《はしか》が治ったばかりなんですから、店表になぞ出ないで下さいよ」

麻疹は数年ぶりに大きな流行をみせ、近在に沢山の死者を出していた。佐助の渋い声に、若だんなは苦笑気味だ。

「全く心配性だね。病《やまい》は先月の話じゃないか。ほら、門付けたちが待っているよ」

既に幾つかの手が差し出されて、金を握るのを待ちわびている。犬神は道に出て、渋い顔で銭を渡した。小さな猿を背に乗せた猿回しは、貰《もら》うものを手に入れると、ころりと機嫌を直している。

「おありがとうございぃ」

唄《うた》うような声を出し、猿にもぴょこりとお辞儀をさせる。かわいらしい顔つきに思わず笑いが浮かぶと、猿はさっと手を出し、もう一枚銭をねだった。

「うへえ、なんとしっかりしていること」

「面白いじゃないか」

若だんなは気に入ったとみえて、笑っている。別の店へと歩き去る門付け達の後ろ姿に、犬神はため息をついた。

「猿回しだけじゃあない。最近この辺りじゃあ、色々な遊芸が流行《はや》っているようですね。

「うん。近くの境内にある茶屋の脇《わき》に、筵掛《むしろが》けの見せ物小屋が出来たらしくて」

近所の住人らも多く、常連になっているらしい。

「おとっつぁんも通っているんだよ」

これを聞いて犬神は遠慮のない様子で、猿回しの消えた道に向かい、ふんと息を吐いた。

「何で見せ物が面白いのか、あたしには分かりませんよ。不器用な所作や、かたかたいう木偶《でく》を見て金を払うなんざ、もったいない」

とんと興味が湧《わ》かないと犬神が言うと、

「佐助だって、さっきはまんざらでもない顔をしてたじゃないか。ああいう芸人は、人の心を摑《つか》むのが巧《うま》いのさ」

そうでなくては食べてゆけないと、若だんながまた笑っている。

「そうだ、佐助、さっきおとっつぁんに、呼ばれていたんだよね？　何の用だったんだい」

帳場に戻った若だんなに聞かれ、犬神は店先から振り向いた。

人の世に混じるとき、『佐助』の名を用いるようになって久しかった。今まで幾つかの名を名乗ってきたが、既に忘れているものもあった。名は呼ばれていないと、影が薄くなってくる。『佐助』は、せっせと若だんなが呼んでくれているおかげで、ようやく犬神の身に、しっくりと馴染《なじ》んできていた。

「あのですね……あまり良い知らせではありません」

先刻主人から話を告げられたとき、一寸そのことを、若だんなには黙っていようかとも思ったくらいだ。だが店の跡取りであれば、面白くない出来事でも知らなければならない。佐助は若だんなの横にきちんと座ってから、話し始めた。

「実は、うちの店と大きな取引のある和泉《いずみ》屋さん、あそこが立ちゆかなくなったということでして」

和泉屋は隣の町内にある、大きな薬種《やくしゅ》問屋だ。師走《しわす》頃から、あそこは危ないという話が、店主仲間の内で漏れ聞こえ始めたらしい。相手の店が潰《つぶ》れてしまえば、掛け売りの代金が取れなくなる。現金での商売が増えた和泉屋は、益々《ますます》商売がきつくなったところに、頼りの主人が倒れてしまったのだ。

「和泉屋さん、潰れるの？」

「多分。うちも大層な損害です」

「あそこは大きいから、奉公人たちも多い。皆、また働き口を探すのは大変だろうね」

若だんなの言葉を優しいとは思うものの、佐助はこっそりと横を向き、ため息をついた。余所《よそ》の店、他人の心配をしている場合ではなかったからだ。和泉屋から入ってくるべき金が、消えてしまう。主人は頭を抱えていた。

(若だんなは、生まれた時から裕福に暮らしておいでだから、この暮らしが無くなるかも、などとは、考えもしないんだろうね)

商い上の損だけでなく、日々の暮らしには思いも掛けない暗い穴が、あちこちに空いている。地震が襲う。火事がおこる。流行病《はやりやまい》だとて、いくらもあった。長命な妖《あやかし》の目から見れば、人の運命など、余りにも儚《はかな》く見えて仕方がない。

「佐助、どうしたの？　黙り込んで」

若だんなから不思議そうな顔で見られて、慌《あわ》てて笑顔を作る。若だんなを心配させたくはなかった。

(なに大丈夫さね。今度のことは、店に金さえ入れれば良い話だもの。あたしが他の妖達の力でも借りて、何とかしようよ)

こんな風に思うのは、この店に、家人に、そして誰より若だんなに馴染んだせいかもしれない。己には長く長く、人であれば気の遠くなる程の年月、居場所が無かった。

それが、やっと落ち着いたということだろうか。

（あの日、柄にもなく仏心を出して、良かったのかね）

店に来て、若だんなと知り合うことになったきっかけ。それは山の中の、暗い一本道にあった。

「どうしよう……一体、どこで寝ればいいんだ？」

昨日も一昨日もその前も、頭を抱えていた問題で、今日もまた悩まなくてはならない。日もとうに落ちた山間《やまあい》の道で、犬神はため息をついていた。

もうずっと一人で旅を続けていて、野宿にも、歩くのにも、いささかうんざりしている。

親無し、兄妹無し、既にやるべき使命も無し。生み出してくれた大師も、この世にはない。留まるべき故郷と言える程の地も無く、ここまで無しが重なると、いっそ笑いがこみ上げてくる。

（何であたしは、息をしているんだろうね……）

空を見上げると、月は細った姿で、よく研《と》がれた鎌《かま》のようだ。雲が多かった。染《し》み通るような暗さの夜だ。

(雨にはならないだろうから、道沿いの木の根元で寝てもいいんだけど)

だが今宵は先刻から、濃い他の妖の気配を感じて落ち着かない。しかたなく、犬神は今まで歩き続けていたのだ。

(山の妖の縄張りに、踏み込んでしまったのだろうか)

闇《やみ》が深ければ、妖達がより騒ぐ。日が悪いのかもしれない。

(騒動はごめんだ)

己を守るのは、守ってくれるのは、己自身だけであった。妖の身であれば、尋常とはかけ離れた力を持ってはいるが、この世にはもっと力のある妖もいる。神意を感じて、立ちすくんだこともある。馬鹿《ばか》なことに首は突っ込まぬと決めていた。後始末をするのも、己一人だからだ。犬神は眠りたいのに、一層歩を早めていた。しかし数歩も行かないうちに、ひょいと振り返った。

(これは珍しい。こんな刻限に山中で、人の足音がする)

夜目の利《き》く妖の眼で見てみれば、遥《はる》か闇の先に、ぽつりと提灯《ちょうちん》の明かりが見えた。急ぎの用でもあるのだろうか。雲と木々に月光を阻《はば》まれ、提灯をつけたとて、ほんの僅《わず》かの先までしか見えない闇の底を、それでも必死に男が歩んでいた。

(夜、連れもいない一人旅だなんて、危なっかしい話だね。直《じき》、怪しいものに目をつ

けられてしまうよ）

そう思って辺りを見回すと、既に旅人の後ろから、横から、数多《あまた》の〝何か〟が、付いてきていた。化かされる位では済みそうもない、危うい雰囲気がする。一寸、うんざりとした心持ちになった。

見も知らない男を助けるいわれは無い。さりとて、ここで男が怪しの者に引き裂かれては、辺り一帯、血の臭《にお》いで満ちてしまう。犬神は鼻がよかった。そうなっては、今宵眠れなくなること、請け合いだ。そのとき。

「ひ、ひゃあああっ」

早くも襲われたらしく、震え上がった声が、力無く聞こえてくる。提灯の火が消える。「ちっ」一言、吐き捨てるように言うと、犬神はしゃがみ込み、拳《こぶし》を地面に思い切り振り下ろした。

どん、と低く、くぐもったような響きが夜を突き抜ける。一寸、地面が薄く光ったように見えた。木々も地面も大きく揺れ、たわんだ。旅の男も、もんどりをうって転がり、取り付いていた妖達は振り払われた様子だ。この機を逃さず男に近づくと、犬神の出現に、小物の妖達はさっと闇の中へ引いていった。

「あんた、大丈夫かい」

声をかけると男はまた、小さな悲鳴を上げた。手にお守りを掲げている。相手もろくに見えない黒一面の中、突然現れた犬神をも怖がっている様子だった。

「山賊や妖に襲われたとて、仕方がない刻限だ。山ん中にいる、あんたが悪いんだぜ」

きつい口調で話しはしたが、道に座り込んだ男に近寄り、提灯を差し出してやる。闇に浮かんだ犬神の姿は、ただの大層若い旅人のようにしか見えないはずだ。男はじきに起きあがり、震える手で己の提灯に火を移した。

「これは……ありがとう。助かった！　今、何やら訳の分からぬ者に、襲われていたんだ。本当だ！　異形《いぎょう》の者らだった。その上、地面が光ったりした！」

あ奴《やつ》らは、手にしていた護符《ごふ》を嫌って逃げたのかな、などと言い、まだ気味悪そうに後ろを見ている。その内に少しずつ落ち着いてきたらしい。目の前の犬神の姿に、今更ながら驚いた様子を浮かべた。

「おや……お前さん、随分と若い子だねえ。一人で旅をしているのかい？　この山の中を？　しっかりしているねえ」

人の世をさすらい歩くのに、犬神は気の向くまま、時が移るまま、様々な姿を取っていた。今宵の姿が若かったことを思いだして、犬神は腹の内で、ぺろりと舌を出していた。江戸の知り合いを頼り、奉公先を探しに行くところだと言うと、すんなりと納得された。

男の方は相手がまだ子供だと分かり、安心した顔を浮かべている。二人でまた山道を歩きながら、黙っているのも怖い、というふうに喋《しゃべ》り始めた。

「夜道に連れが出来て、嬉《うれ》しいね。実は随分前から、何かに後をつけられていることは、分かっていたんだ。振り向いたとき月の光が届いて、見えることもあったんだ。そいつはどう見ても……人にも獣にも見えなかった」

この世には、本当に妖というものがいるんだねと、男は声を震わせている。今宵の体験が、心底怖かったに違いない。

「夜歩くのは危ないと、宿の者に止められたんだが。商売の都合で、どうしても早く店に帰らなくてはならなくてねえ」

そのおかげで、とんだ目にあったと、頭を掻《か》いている。恐ろしさがそうさせているのか、男の口も足も、いつまでも止まらなかった。しかたなく眠いというのに犬神も、夜通し傍らを歩き、相づちを打つはめになる。

やっと朝になると、男は思っていたより更に犬神が若く見えるので、また目を見張っていた。茶屋を見つけて握り飯にありついた頃には、男は犬神の、親代わりの気分になってきたらしい。

何でそういう話になったか分からぬままに、犬神は男の店にまで、ついて行くことになっていた。

2

(巧くいった。随分と金子《きんす》を拾えたよ)

和泉屋が店をたたんでから、一月あまり。見知った顔の妖達に頼んだり、己で集めたりして、佐助は結構な大枚を手に入れていた。

船が沈んだり、財布を持ったままの人が溺《おぼ》れたりで、川や海は、いつも多くの金を抱いている。主のない金なら、誰が拾っても構わないのだろうが、そうそう都合の良い話はない。欲しい物は、人では手に届かない深みに埋もれていることが多かった。

犬神は夜半に店を抜け出して水に潜り、それを手にしたのだ。

金子を合計してみれば、百両を超えていた。これだけあれば店のやりくりも一息つける筈《はず》と、佐助はほっとした顔で帳場に行き、銭箱を開ける。佐助の居場所は安泰だ。

(これで、若だんなに心配をさせることも、なくなったよ)

金は倉の古い行李《こうり》から出てきたとでも、言い抜けるつもりだった。

ところが。

「あれれ……」

目の前に、小判の包みが二つ転がっている。銭箱から出してみると。確かに本物の切り餅《もち》だ。一つ五十両、きちんと紙にくるまれ、墨で書かれた字と朱で封印されている。

「驚いた。金の入ってくるあてなど、あったかね」

主人が金策に走ったのだろうか。それにしては目の前の金子のことについて、手代の佐助に一言もなかったことが、何となく面白くない。

特に今は大番頭がもう一人の手代を連れ、仕入れのために店を離れているのだから、佐助が商売全般を心得ておかなければならない筈であった。なのに！

「さて、あたしが拾った金の方は、どうしようかね」

困ってもう一度銭箱の中に目をやったとき、そこに紙が一枚入っていることに気が付いた。短冊《たんざく》型のそれには、短く字が書き付けられていた。

「……鬼も仏も手づくねにして……？」

誰ぞの詠《よ》んだ歌の、下の句であろうか。何故《なぜ》そんなものだけが、わざわざ銭箱の底に落ちていたのか、どうも分からない。首を傾《かし》げたものの、捨てていいものか分からず、金と共にそのままにして仕事に戻った。

「また店が潰れるというんですか？　今度は……大江屋さんで？　続きますね」

半月ほどの後、佐助が若だんなに帳付けのやり方を教えていたとき、番頭が店表に知らせを持ってきた。大江屋は同じ通りにある蠟燭《ろうそく》屋で、そこそこ大きな店だ。続く嬉しくない知らせに、帳場に座った若だんなも、顔をしかめている。番頭は他にも知らせるために、早々に立ち去った。

「今年は米の方も不作だったと言うし、どこぞの船が沈んだとか、暗い話が多いね。昨日おとっつぁんの居間に、親戚《しんせき》だというお人が金を借りに来ていたよ。私は初めて見る顔だった」

この話に、算盤《そろばん》を入れていた佐助は眉《まゆ》を寄せた。若だんなが知らないということは、どういう繋《つな》がりだか考え込まなくてはならないほど、遠い親戚に違いない。そんな縁を頼って来るとは、親戚の方も余程困っているのだろうが、こちらの店だとて、今はゆとりがあるわけではない。

（金、貸したんだろうね。旦那《だんな》様も若だんなも、人が良いというか……）

そういえば佐助は今日、主人の顔を見ていなかった。若だんなに聞くと、今日は付き合いのある店主らと、見せ物小屋に行っているという。

「ここのところ、売り上げの方も芳《かんば》しくないというのに、旦那様には余程、お気に召した出し物があるんですね」

手に持った算盤の珠《たま》とにらめっこをしながら、佐助はずけずけと言った。数字が示しているのは、面白くもない売上高だ。こんな調子が続いてしまっては、借りる側に回りかねない。

（やれやれ）

若だんなが横にいるので、ため息をつきたいところを、ぐっと押さえる。商品の大概は掛け売りだが、幾ばくかは現金で売っている。入ってきた金子を確認しようと、佐助は銭箱を開けた。その眉毛がつり上がる。

「……」

細かい銭や小粒に混じって、切り餅が二つ、今日も入っていた。先日の物とは違う。今日のは二十五両の包みであった。

「若だんな。最近大きな取引がありましたかね？　あたしは覚えていないんですが」

「えっ？　どうかしたのかい？」

銭箱を覗《のぞ》き込んできた若だんなの顔が、驚いたものに変わる。しかし、佐助ほどびっくりとは、していないように見えた。

「……若だんな、何か心当たりがあるんですか？　隠さないで下さいよ。大事なことなんだから」

「そんなこと言ったって……知らないよ」

さっと目を逸《そ》らした先に回り込み、帳場格子《ごうし》の外からまた顔を見据える。それでも口を開かないものだから、佐助は若だんなの襟首を片手で捕まえると、猫の子にするように高くつり上げた。先程から二人の様子を見ていた小妖《こあやかし》の鳴家《やなり》達が、一斉にぎゃわぎゃわ、ざわめいた。

「わ、わ、わぁっ。堪忍《かんにん》、堪忍っ。分かった、喋るから」

人の手代ならば、およそやりそうもないことを、佐助は平気で行う。顔を巡らせ、他の奉公人が側《そば》にいないか確認した後、若だんなは小声で白状した。

「喋るなって、言われているんだけどねえ」

「誰からですか？」

「おとっつぁんから。近在の店主がたが、関係あるからって」

話しぶりは何だか面白がっている様子で、滑らかだ。どうやら若だんなは口止めをされていた分、誰かに言いたくて仕方がなかった様子だ。佐助に顔を近づけると、思い切り潜めた声で、こう告げる。

「秘密っていうのは……おとっつぁん、この近所の皆と一緒に、信心を始めたみたいなんだ」

佐助は一寸、返事に詰まった。信心は結構なことだ。何故、隠しておかなくてはならないのだろうか。

しかし直《す》ぐに眉をひそめる。

「一体何を信仰しているんですか？　まさかご禁制のキリシタンなんてことは、ないですよね」

心配げに問うと、笑い顔が返ってきた。

「信心しているのは、商いに熱心な店主ばかりだってことだもの。そんな危ないものに手を出したりはしない筈だって。もっと、実利に結びついているみたいでね。実は信じると、金が湧《わ》いて出るという話なんだよ」

「か、金ぇ」

おとぎ話のようにしか聞こえない。思わず笑い出しそうになってから、佐助はさっと視線を、帳場に置いてある銭箱の中に落とした。確かに出所の知れない金子が、そこにあった。

「……若だんな、一体どんな神様なんです？　若だんなはその信心に、行ったことがあるんですか？」

「ううん、私は良くは知らないのさ。信じている人が増えすぎて、噂《うわさ》になると、騒ぎになるかもしれない。そうしたら困るからって、まだ集まりに連れて行ってもらってないんだ」

（そりゃあ、信心すれば金が溢《あふ》れてくる、なんて話が漏れたら、バテレンの技と言われかねない。隠すだろうよ）

若だんなは、信心している場所すら知らなかった。佐助は不意にその両の肩を摑《つか》むと、顔を近づけて強く言う。

「いいですか、これだけは守って下さい。旦那様に誘われても、絶対にその信心に加わってはいけません。分かりましたね」

いざとなったら具合が悪いと言って、寝込むように言うと、きょとんとした若だんなの顔があった。何故佐助がそんなことを言い出すのか、訳が分からない様子だ。

「金子を貰《もら》えるなんて、ありがたい話だと思うんだけど……」

「神仏が働きもしない者に、大金を恵む、なんて話は、聞いたことがありませんのでね」

「胡散《うさん》臭いことだと、思うのかい？」

「出来れば、旦那様にも止《や》めていただきたいものですが」

言ってみはしたが、これには若だんなも、腕組みをするばかりだ。

「……お金は本当に、現れるんだ。佐助も見ただろう？」

指さす先にあるのは、銭箱に入っている切り餅が二つ、五十両だ。

「実は店に金が降ってきたのは、二回目なんだよ。おとっつぁん、かなりお金に困っていたみたいでね。先のお金で店が助かったんだって、繰り返し言っていた。止めろと言っても、今は無理かもしれないよ」

出てきたお金が信心のおかげだと、どうして分かるのかと、佐助はしかめ面《つら》だ。この問いに、若だんなは答えることが出来た。手を伸ばし、銭箱の底から紙を一枚、拾い上げる。歌が書かれている例の短冊だ。

「金子が現れる時には、必ずこの紙も一緒に出てくるんだそうな。それで見分けがつくんだよ」

〝鬼も仏も手づくねにして〟——この言葉は、何とはなしに佐助を、不安にさせる。

しかし、これ以上若だんなが知っていることは、無いようだった。佐助は受け取ったその紙をそっと懐《ふところ》にしまうと、もう一度、若だんなだけはこの信心に首を突っ込まないと約束させて、話を括《くく》った。

3

真夜中を過ぎたころ。

店表の隅が、不意にぎしぎしと軋《きし》むように鳴った。その声に迎えられるように、奥へと続く戸が開くと、佐助が現れる。闇《やみ》の中を平気な顔をして歩き、帳場の横に立つと、壁に向かって手招きをした。すると、恐ろしい顔の小鬼達が顔を出してくる。

「鳴家、頼みたいことがあるんだ。お前達なら人に見られることはない。誰にも気取られずに、見張りが出来るからね」

銭箱を指さし、これに近づく者がいないか、一日中見ていてくれと言う。己よりも遥《はる》かに大物の妖である佐助に仕事を任され、鳴家達は張り切った様子であった。

(銭箱の方は、これでよし。誰かが金を持ってくれば、正体が知れるさ)

あと気になるのは、不可思議な信心は何なのかということだ。佐助は、金が湧いて出る理由を、何としても突き止める気でいた。

（だって、どう考えても変じゃないか。誰がただで他人に、あんな大枚をやるって言うんだい？　何が目当てなんだろうか）

店になんぞあったら怖い。せっかく手に入れた居場所が消えてしまう。若だんなに危害が及ぶのも、我慢ならない。ならば佐助が、真実に行き着かなくてはならないのだ。

今日も昼間、主人は出かけた。それとなく行き先を聞いてみたが、軽くはぐらかされてしまった。

（秘密か……若だんなにも言わないんだもの。手代のあたしなんかには、話しはしないと言う訳だね）

いっそ主人の跡を付いて外へと行きたかったが、奉公人の身ではそれも出来ない。仕方なく佐助は、主人の着物の袂《たもと》に、香を一かけ落とし込んでおいた。そうしておけば佐助ならば、何時《なんどき》か後でも、通った道が分かるからだ。例えば日が暮れて、これほど遅い刻限になっても。

佐助は銭箱の方へ、ちらりと目をやってから、心張り棒を外して外へ出た。どの店も真っ暗で、明かりのついているところは無い。直ぐに道の先、夜の闇の向こうに目をやる。夜目の利《き》く佐助にさえ、何も見えはしなかったが、遠くに主人がいるのを感じた。袖《そで》に入れておいた微《かす》かな香の香りが、近づいてきているのが分かったからだ。

（まだ戻っておいでじゃ無かったんだ）

香りに引かれるように、足が夜の中に踏み出す。夜四つを過ぎていたので、木戸は既に閉じられていた。一々木戸番に言い訳するのも煩《わずら》わしく、佐助は足音を殺し、塀があれば飛び越えたりして、静まった町中を通り、香りを辿《たど》って行った。

「鬼も仏も手づくねにして、か」

残り香を頼りに歩きながら、佐助は懐から、気になっている書き付けを取り出した。月光に紙をかざし、透かしてみる。金と共に姿を現すこの歌の意味が分かれば、真実に行き着くのかもしれない。

「つくねる……土なんかを、こねることだよね。信心するための、仏のお姿を作るってことかな。それにしちゃあ、鬼まで一緒とは、どういうことかね」

考えはそこで止まってしまい、先が見通せない。そのとき、

（何かいるよ……）

佐助は道の先に気配を認めて立ち止まり、鼻に皺《しわ》を寄せた。〝何か〟は家の陰にいて、はっきりとは形が摑《つか》めない。驚くことに匂《にお》いを嗅《か》いでみても、ほとんど分かるこ

とはなかった。人ではない。獣でもない。それだけだ。

（はっきりとした匂いを感じないよ。幽霊かなにかかね。実体がないのかも）

相手も急に止まったからには、既に佐助のことを感づいているはずだった。互いに、次の動きを待っている。そう思い、身構える。ところが。

（えっ？）

足音が聞こえてきた。途端に緊張が破れる。先程の気配も直ぐに消えた。追う術《すべ》もない。直に提灯《ちょうちん》の明かりが目に入り、佐助は壁の脇《わき》に身を隠した。

（なんと……旦那様だ）

主人は箱提灯を掲げて、暗い町中を急いでいた。明かりを持っているということは、初めから遅くなる心づもりだったのだろうが、小僧の一人も連れてはいない。

（これは今日も、秘密の信心へ行ってきたところかね）

先程の奇妙な影には何もされなかったようで、主人は無事歩いている。ならばいいと、声は掛けなかった。そのままやり過ごした後には、さき程より強く、道に香りが残っていた。

（より、追いやすくなったね）

それはありがたかったのだが……気になることも残った。

（あの変な影が現れてすぐに、旦那《だんな》様が通り掛かった。胡散臭い信心と、影とは関係があるかもしれない。益々《ますます》嫌な感じだね）

大店《おおだな》が続く通りを抜け、木戸のところを右に曲がると小店が連なる一帯に入った。幾らも歩かない内に、町屋が途切れる。香りは佐助を、近在では大きな方の神社へ導いていった。

（ここは神社の裏手かね）

くぐった小さな鳥居の奥に門はなく、そのまま神域に踏み込んでいく。木が茂り、月の光すら拒む境内は暗い。

（？　ここの神様が、いたずらでもしていなさるのか？）

一寸そう思ったが、首を振る。さっきの影が神の使いとは到底思えない。神々《こうごう》しさの欠片《かけら》さえ、感じなかったではないか。

考えつつ歩いている間も香りは途切れず、先へと続いていく。参道に出た。右手に本殿を眺めながら、なおも進む。その内眼前に現れてきたものを見て、佐助は腑《ふ》に落ちた思いで立ちすくんだ。

（見せ物小屋！　こりゃあ、最近出来たという奴《やつ》だね）

流行《はや》りの芸が、色々集まっていて、主人達も通っていると聞いていた。小屋は結構な大きさがある。木を組んで、その上に筵《むしろ》を掛けただけの作りだから、屋根が軽い。そのせいか、どれも、中央を大層高く作ってあった。この中に似非《えせ》神官や、如何様坊《いかさまぼう》主《ず》がいて、皆を謀《たばか》っているとしたら！　そして、そして……。

（どうして小判が店に降ってくるんだい？）

うーんと低く唸《うな》るしかない。

とにかく信心の場所を突き止めようと、筵掛けの小屋を、一つずつ見て回った。現場を直《じか》に見れば、どういうものが信仰の対象なのか、知れるだろう。そこから分かることが、あるかもしれない。

しかし……。僅《わず》かの後、人気のない夜の小屋の間で、佐助は声を上げることになった。

「信じられないよ。坊主も神官もいるようには見えない。それらしい場所すらない！」

一番手前には、幾つか食べ物を売る小店が何軒かあり、その先に見せ物小屋が二列に並んでいた。一番手前にある大きめの場所では、軽業師が興行をうっている様子だ。更に曲独楽《きょくごま》、手妻《てづま》、ろくろ首、猿回しと、奥へ続いている。向かいでは、蛇女、女相撲、籠《かご》細工、木偶《でく》人形芝居、覗《のぞ》きからくりを、やっているようであった。

まだ始めて間がないだけに、全体に新しい。端の納戸《なんど》のようになっていた小屋には、解かれてもいない荷が積んであった。小屋の数は多くはない。全部を確かめても、そんなに手間は掛からず、皆、ただの見せ物小屋であると、分かっただけだった。

（おかしいじゃないか。確かに香りはここまで続いている。しかも道はどん詰まりで、先は塀に塞《ふさ》がれている。出て行こうと思ったら、戻るか神社へ抜けるかだ）

しかし確認のために行ってみても、神社の方では香りはしなかった。主人は明らかに、この見せ物小屋辺りに来て、また戻ったのだ。

（この中の、どこに用があったんだろうか）

少なくとも表だっては、金で信者をたぶらかし、集めているという罰当たりな興行は、打たれていない。ここは神社の境内なのだ。

佐助は夜の闇に包まれながら、この不思議について、ひたすら考えていた。

4

翌日。店表で算盤《そろばん》を入れる頃には、佐助は騒ぎの元を、見当つけていた。

（この一件、妖《あやかし》が嚙《か》んでいるんじゃないかね）

見せ物小屋では、似非神官や、如何様坊主は見つからなかった。つまりこれは、まっとうな悪事ではないのだ。その上何度考えても、金が降ってくる、などという事態は、奇妙に人の道理とかけ離れている。

（金の価値が、何とも軽過ぎるんだよ）

どうも、日々の商いでのやり取りとは、根本にずれたものを感じてしまう。これは妖であり、商売人でもある佐助だから、察しが付くことかもしれない。

（だとしたら、早めに相手を見極めないと、不味《まず》いかもな）

妖には妖のやりようがあるが、それは人が心得ていることとは根が違う。金子を与えられる行為にしろ、もしかしたら幸運にも、貰い得になるのかもしれないが、下手をすれば命に関わる。人がほいほいと手を出すものではない。あまりにも危ういことなのだ。

（全く！　端《はな》から妖絡《がら》みと分かっていれば、相手が旦那様だろうが、殴ってでも止めさせておいたものを！）

算盤の珠《たま》を弾《はじ》きつつ、人の欲とは恐ろしいものだと思う。信心したら金が降ってくる話など、他人事として物語の中ででも読めば、馬鹿《ばか》な考えだと笑うようなものだ。しかし、いざ金子を前にすると、人は驚くほど簡単に惑わされる。

(本当に、どこの店主も馬鹿だよ。若だんなのことがなけりゃ、しばらくお仕置きに放っておいてやるところだ)

得をしたと浮かれているが、主人の他出が多く、商いを顧みないでいる分、店の売り上げは下がっていた。もしかしたら信心に走っている他の店でも、同じことが起っているのかもしれない。

ため息を一つついたとき、若だんなが改まった姿で、店表に出てきた。後ろに主人もいる。

「佐助、おとっつぁんと出かけるから、暫《しばら》く帳場を頼むよ」

「おや、何かありましたか？」

聞けば今度は小間物問屋、藤屋の主人が急に倒れ、亡《な》くなったのだという。佐助は算術の途中だというのに、珠を崩し、算盤を握りしめた。

「また……店が潰《つぶ》れるんですか？」

「あそこが苦しいという噂《うわさ》はないよ。ただ、跡取りの男の子は、まだ五つだ」

店を続けていくにあたり、一揉《ひとも》め起こりそうな案配に違いない。とにかく通夜《つや》へと、二人は出かけていく。残った佐助は唇を噛んでいた。己が、きつい顔つきをしていると分かっている。

(和泉屋とも大江屋とも、藤屋とも、うちの店は付き合いがあったよ。近所だし、きっと……傾いた店の主《あるじ》らは、旦那様と一緒に、奇妙な信心をしていたのに違いない)

若だんなは、商いに熱心な店主らが、加わっていると言っていた。

(嫌な感じが強くなった……)

いくら不作で金回りの良くない年だとはいえ、普通であればこの辺りでは大きい店ばかりが、こうも続けて行き詰まる筈《はず》がない。降ってきた金と引き替えに、とんでもない不幸が各店に降り注いでいるかのようだ。

(もっと早くに、気が付くべきだった。不味いよ……次はうちかも)

店を、若だんなを守らなくてはならない。焦《あせ》った佐助は番頭に声を掛け、帳場の仕事を押っつけると、外へ飛んで出ていった。

(昼間っから見せ物小屋へ行っても、普通に興行を打っているだけだろうね。どうする？　何から調べたら、一番いいだろうか)

まず、和泉屋の元番頭を訪ねてみた。近所の小店に収まって、そこでまた番頭をしている。呼び出して振り売りの蕎麦《そば》をふるまうと、番頭の口は軽かった。もう遠慮する相手がいないからだろう。

「和泉屋が潰れる前後に、変なことがあったかって？　旦那様の病気は突然だったね。

しかも病が何か、はっきりとは分からなかったものだから、岡っ引きがお調べに来て、怖い思いをしたよ」

殺しではと疑われるほど、和泉屋主人の死は、急なことだったわけだ。

「他に……奇妙な話をするようだが、金子が突然店に現れる、ということは無かったかい？」

「……金？」

小男の番頭は、蕎麦をすすりながら、余所《よそ》を向いている。心なしか、態度が硬くなったようであった。

「和泉屋さんは、つけ買いが出来なくなった時分があったよね。その時の支払いはどうしていたんだい？　ご主人が倒れるまで、しばらく間があった。要りような金子は、大分かさんだだろうに」

重ねて聞いても、番頭はちらちらと周りに目をやっただけで、口を開かない。佐助が懐《ふところ》から、〝鬼も仏も手づくねにして〟と書かれた例の短冊《たんざく》を取り出して、番頭の目の前に突きだした。途端、「ひっ」という短い声と共に、番頭はどんぶりを、取り落としてしまった。

「おや、もったいない。まあ、ほとんど食べてはいるようだけどね」

うつわが割れなくて良かったと言いつつ、佐助が拾って振り売りに返した。そうしてからもう一度、番頭に腕を絡ませる。

逃げ出すこともかなわず、番頭は地面を睨《にら》み付けている。しばらくすると観念したのか、番頭は佐助を連れ、歩き始めた。人気のない橋のたもとに行き着くと、余所には言わないでくれと、くどいように念を押してから、ぼそぼそと話し始めた。

「佐助さん、その短冊は、どこで手に入れたんだい？」

「店の銭箱の中にあったのさね。覚えのない金子の包みと一緒に。気味の悪い話だ」

「……そうだよな、奇妙な話だ。和泉屋でも同じことがあったんだよ。突然金が転り出て来た。でもあの時、私らは払いに困っていた。助かったと思ってしまったんだよ」

「和泉屋さんの時にも、やっぱりこの短冊は現れていたんだね」

頷《うなず》く。和泉屋はその金で、持ちこたえるかに見えたそうだ。しかし日増しに主人の表情は強《こわ》ばって行き、ある日、和泉屋の運命を道連れに、倒れてしまった。

「気をつけなよ、佐助さん。その短冊は、疫病神《やくびょうがみ》からの文かもしれない」

礼を言って別れる前、佐助は最後に二つ、番頭に聞いた。

「亡くなったご主人が、信心を始めたことを、知っていたかい？」

「いいや。だが、他出は増えていたね。店に腰が落ち着かなかったよ」

「大江屋と藤屋を、和泉屋さんはご存じだったろうか？」

「同じ連句の会に入っていたよ」

次に会った大江屋の小僧は、夜厠《かわや》に行くとき、気味の悪い影のようなものが、店に入り込んでいるのを見ていた。ただ、他の奉公人からは、夢でも見たのだろうと笑われたそうだ。

小僧では帳場の中のことは、知るよしもない。短冊のことも分からなかった。藤屋のかかりつけだった、浄真という医者からは、奇妙な話が語られた。藤屋の主人は、だんだんと息が出来なくなって、亡くなったというのだ。

「病が何なのか分からず、おかげで私とおかみさんは岡っ引きの親分に、随分長く話を聞かれましたよ。まだ三十路《みそじ》だった。これといって持病など、もっていなかったんですがねえ」

寝付いた後、徐々に咳《せき》をするのも難儀になっていったという。佐助は顔をしかめた。

(金が増えるとともに、命が減っていったみたいだね)

妖らはそんなやり取りに、どうやって店主らを引き込んだのだろうか。

(〝鬼も仏も手づくねにして〟……この言葉は、どう関わっている？)

藤屋については、奉公人からも話を聞きたくて、店の前までは行ってみた。だが今日は通夜だ。客も多く、とても忙しい店の内にまでは入れない。路上で途方にくれていたとき、顔見知りの藤屋の手代が、店先に客を見送りに出てきた。佐助に気がついて、声を掛けてくる。

「おや佐助さん。ご主人と若だんなは、もう帰られましたよ」

どうやら迎えに来たのかと思われたようだ。随分と前に帰宅したと教えられて、さすがに急いで店に帰った。奉公人の身で、勝手に外出をしたのだから、お小言を食らうこと確実だ。

店表に顔を出すと、帳場に座った番頭が、渋茶を飲んだような顔をして迎えた。

「佐助、一体どこへ行っていたんだい？　旦那様も若だんなも出ておいでで、手が足りないんだ。困るよ、勝手をされちゃあ」

その言葉に、寸の間立ちすくんでしまった。

「若だんな……まだ、帰ってきてはいないんですか？」

「そうだよ。黙って仕事を怠けたことがばれずに、良かったじゃないか。でもね……」

番頭は不機嫌そうに説教を並べている。しかし、佐助の頭には入ってこなかった。

（旦那《だんな》様と若だんなは、もうとっくに藤屋を辞していた。いま、二人はどこにいるんだい？　もしかして……）

不安が募る。どんどん心の臓が、速く打ってきていた。番頭に何と言われようが、もう一度出かけて、見せ物小屋に行ってみるべきだろうか。小屋の内の、どこへ？当てはないが、それでもじっとしてはいられない。佐助が出ようとしたとき、

「お帰りなさいまし」

小僧の声が店先でして、二人が帰ってきた。

「若だんな、どちらに行かれていたんです？」

急いで聞くと、これには主人の方が返事を返してきた。

「通夜へ行くと言ったじゃないか。どうしたんだい、佐助」

「お帰りが遅いんで、藤屋までお迎えに上がったのですが」

そう言うと、ほんの僅《わず》か、返答に間が空いた気がした。しかし主人は直《す》ぐに笑みを浮かべる。

「連句の会の知り合いと会ったんで、近くの店で話をしていたのさ。悪かったね、無駄足をさせて」

何か引っかかるものを感じたものの、側《そば》に番頭がいたので、それ以上は話を続けら

れなかった。

(明日、野辺送りが済んだ刻限になったら、もう一度話を聞きに、藤屋へ行ってみようか。今度のことは、早く終わらせたい。そうでなくてはいけない気がするんだよ)

どうしてこんなに不安になるのだろうか。佐助は己の気持ちが、大げさだとも感じていた。それでも懸念《けねん》は心から去らない。佐助を落ち着かせない。

そっと若だんなが居た方へ目をやった。だが、二人は既に奥へと去った後だった。

5

「影が来たよ。来たよ」

枕元《まくらもと》で鳴家《やなり》達に騒がれて、目が覚めた。急いで店表に出て、銭箱を開ける。佐助は短い悲鳴を上げた。

「くうっ……」

箱の底に、また切り餅《もち》が一つ入っていたのだ。短冊もちゃんと側にあった。信心は続いているらしい。不幸の方は、続くのだろうか。

(くそっ、やはり直ぐに手を打つべきだったよ)

この三日、佐助は表に出かけられずにいたのだ。元々人手不足のおり、勝手をした佐助に、番頭が良い顔をしなくなった。この先も若だんなの側にいるつもりであれば、番頭と大げんかするわけにはいかない。そう思って大人しくしている内に、また金が現れてしまった。

唇を噛《か》みしめる。そこに声が掛かった。

「お前、何をしているんだい！」

固い言いように振り返れば、主人が銭箱と佐助を見つめていた。顔つきが暗い。いや、佐助には、そう見えるだけかも知れない。

「今日は、掛集めに行こうと思いまして……釣りに出す、細かい銭を持っていこうと、銭箱を見たんですが」

佐助はそう返答すると、小判の入った箱ごと差し出した。主人は手早く切り餅を取り出すと、言い訳するようにつぶやく。

「これは、直ぐにも必要なんだよ。最近どうでも払わなくてはならない金が、多くってね。不景気なことだよ」

「旦那様、そいつは商いで儲《もう》けた金ではありませんよね。そんなお金とは……縁を切りませんか」

思い切って言ってみた。案の定というか、返事がない。そのまま銭箱を突き返されたが、怒りは湧《わ》かなかった。店が巧《うま》くいっていないことは、商売をしながら肌で感じている。主人にとって、店は全《すべ》てをつぎ込む程、大事なものだと分かっている。若だんなに後を継いで貰《もら》う時を、楽しみにしていた。

（旦那様は昔、山の中で一度、妖《あやかし》らに出会っている。世の中には不可思議な者達がいると、承知しているからねえ……。あの経験がまずかったのかな）

それでも銭箱を返してもらうとき、佐助は黙っていられなくなって、主人の体の調子を聞いた。和泉屋も藤屋も、亡くなった店主達は、金が現れると共に身を損ねている。

「何を心配しているんだい。……私は大丈夫だよ」

（うーん、とりあえずまだ無事みたいだね。これなら今からでも、影のような奴《やつ》らの方をかたづければ、何とかなるかね。問題は、まだ相手が誰かも摑《つか》めていないということなんだが）

ほっとしている内に、主人は逃げるように奥へ引っ込んでしまう。入れ替わりに、珍しくも若だんなが、早くから店表に顔を出してきた。

「おや、おはようございます。どうしたんですか」

「おはよう。何だか最近、眠りが浅くてね」

妙に肩が凝るせいかねと、首を回している。佐助は、すっと顔を強ばらせて、若だんなへ近寄った。いつもの顔が目の前にある。だが何とはなしに、息が苦しげに思えた。聞き間違いだろうか。そうであって欲しい。耳を胸元に当てる。

酷《ひど》い風邪をひいている時の、息の音がしていた……。

「若だんな、妙な信心へ行きましたね？」

震えているのは、若だんなか、それとも佐助か。死んだ店主らの顔が浮かんだ。若だんな自身、いつもとは違う体調不良を感じているらしく、顔に笑みが無い。

「あれほど言いましたのに、何で……」

「おとっつぁんに、通夜《つや》の帰りに誘われたんだよ。亡《な》くなった人が出て、信心の会の人が減ったから、私も入れるって。でも、秘密にしていろって言うから……」

ここ最近、いくつか切り餅を手にしているはずなのに、店は相も変わらず、金回りが苦しい。いや、以前よりも酷くなっているようだと言う。さらに金が必要だった。若だんなはそうと分かっていて、金を生んでくれる信心への入会を、断れなかったのだ。

しかし……。

（畜生！　番頭の機嫌なぞ、気にしている場合では無かったんだ！）

災難は、眼前まで迫ってきていた。若だんなの命が掛かってきたのだ。佐助は若だんなを帳場の脇《わき》に座らせると、入会の為《ため》にどこへ行ったのか問い詰めた。

「言ったらおとっつぁんが、困るよ」

「最近出来た、見せ物小屋ですね。そうでしょう」

ずばりと言い当てると、若だんなは目を見張って頷く。そこからは、躊躇《ためら》わずに話が出てきた。

「見せ物小屋の中で一番端の、荷物が沢山置いてある、筵掛《むしろが》けの小屋の内に入ったんだ。それからおとっつぁんは、誰かを呼びに行った。私は一人で待っていたんだよ。

そうしたらね……」

小屋の内に誰ぞがいる。突然、そう感じたというのだ。若だんなは怖くなった。そのまま立ち上がって、帰ろうとした。その時。

「右手が一本、直ぐ前に置かれていた行李《こうり》の上に、出てきたんだ」

奇妙にはっきり、ぺたり、と音がした。だが現れたのは手だけで、体が出てこない。重なっている行李に、隠れていたのか。だとしたら、小さい子供だったのかもしれない。

それはさっと若だんなの手を摑んだ。幼子のものとも思えない、しわがれた声が聞こえた。

「かえる。かえる」

「かえる? 帰るなと言われたのですか?」

「分からないよ。ただ、怖かったんだ」

手を振りほどき、若だんなは小屋の外へ飛び出た。直ぐに父親と行き会うと、もう店に戻ると言って、譲らなかったという。それ以上、無理強いはされなかったものの、集まりのことだけは黙っていろと、若だんなは父親から念を押された。

「ねえ、佐助。私はだんだん怖くなってきた。店が幾つも潰《つぶ》れている。人も一緒に死んでいるよ。ねえ、ねえ、ねえ……次は……私なんじゃないだろうか」

最後の方は泣き声のようになってくる。息が荒い。佐助は若だんなの背中をぽんぽんと叩《たた》くと、落ち着かせた。

「大丈夫ですよ。佐助がついています」

しかし、何をどうすればよいのか。とにかく事の解決を急がねばならない。佐助は見せ物小屋で気がついたことが他になかったか、若だんなに確かめた。

「普通の小屋にしか見えなかったよ。出し物の荷物なんかを、まとめて置いてある、納戸《なんど》という感じの場所だった」

（あそこか……）

昼間だったし、本当ならば怖いと感じるようなところではなかったのだ。

「ではこれも、見なかったんですね」

佐助が懐《ふところ》から取り出したのは、くだんの短冊《たんざく》だ。

〝鬼も仏も手づくねにして〟

見ていない、と言ってから、小屋の中ではと、若だんなは付け足した。

「他で目にしたんですか？」

佐助が勢い込んで聞くと、話を耳に挟んだだけだという。

「どこでです？」

「おとっつぁんの入っている、連句の会で。誰ぞがその歌を、知っていたみたいなんだ」

若だんなは、たまたま会に立ち寄っただけだったから、詳しくは聞いていない。しかしどうやら、古い歌のようだったという。

「分かりました。とにかくそのことから確認してきます。若だんな、具合を悪くしたと言って、今から部屋に籠《こも》って下さい。寝ていた方がいいかな。とにかく暫《しばら》くは、外出はなしです。妙なものを店の内で見かけたら、悲鳴を上げるんですよ！」

そう言うと、今日は寝間までついて行き、若だんなを寝床に放り込んだ。途端、苦しげに咳《せ》き込む姿を目にして、ぞくりと寒気が走る。

（藤屋の主人も、息が出来なくなって……）

悟られぬよう、歯を食いしばった。

「ここまですることは、ないと思うんだけどね」

苦笑気味の声が、寝床から聞こえてくる。佐助の対応が普段と変わらぬせいか、少し落ち着いた様子であった。ゆっくり寝ているように言うと、素直に頷《うなず》いている。

「直ぐに出かけるの？　佐助」

「大人しくしていて下さいね。なるだけ早くに帰ります」

少し心細い様子の若だんなに、布団《ふとん》の中から見送られた。寝間を出ると、隅の陰から鳴家を呼び出し、若だんなの守《もり》を頼む。それから、いつぞや用意した金を懐にねじ込み、こっそり裏木戸に回ると、朝っぱらから仕事を放り出し、外へ出かけていった。

一つ、忘れていたことがあった。連句の会が開かれるのは、月に一度か二度。その時々、茶屋の二階などを借りて催される。つまり平素、会の者が集まる場所はなく、佐助はまず誰が習い事をしているのか、それを見つけなくてはならなかったのだ。

（旦那様ならご存じかも……駄目だな。今朝から顔を合わせて貰えない）

銭箱を挟んで向き合ってから、どうもいけない。きっと主人も、今不安の中にいるのだ。

怖い。でも金は入り用だ。何としても入り用だ。だけど恐ろしい。金が出てくるなど、恐ろしい。目の奥に、体の芯《しん》に、恐怖が震えが張り付いている。こんな筈《はず》ではなかったのにと、声にならない言葉を語っていた。

ふうと息をついてから、まず足を藤屋へ向ける。思った通り、しっかり者の手代は亡き主人の遊びも心得ていた。会に入っている者として、大工の棟梁《とうりょう》の名を教えられた。

（よし、一人分かった！）

わざわざ遠い普請《ふしん》の現場にまで、勇んで足を向ける。すると、短冊に書かれていた句のことは、知らないと言う。しかし、別の者を紹介してくれた。

次は紺屋の番頭で、これまた随分離れた所に店があった。そこでも分からずに、米屋の隠居のところへ行く。時が経《た》ち、昼を過ぎて、焦《あせ》りが出る。その後は、手習いの師匠、元結屋の息子、蒔絵《まきえ》師と辿《たど》った。段々昼も遅くなってくると、焦りが出てくる。

ついには駕籠《かご》までおごったのに、着いた先で歌の事を話しても、誰もそんなものは覚えてもいなかった。

「〝鬼も仏も手づくねにして〟。それ、歌なのかい？　覚えていないねえ」

地本《じほん》問屋でも首を振られたときには、足が崩れそうになった。次に訪ねる当てが、もう無かったからだ。

ところがそのとき、本を置いてある棚の前にいた番頭から、声がかかった。

「あたしは前に、本の中でそんな歌を読んだことがありますよ。誰の歌だったかな、うーん、人形芝居の木偶《でく》を作る、名のある人形師が詠《よ》んだ歌だったような。確かそれの、下の句だ」

「に、人形師？」

思わぬ答えに、佐助は店の奥の板間へ、身を乗り出した。

「つくねるって、土をこねることじゃないんですか？　人形師の人形は、木偶と書くくらいだ。木で作るものでしょうに」

その問いに、にやりと笑ったのは、五十路《いそじ》位の主人の方だ。

「おや、若い人は知らないのかい。人形の頭は昔、土で作っていたんだよ」

「……これは、ありがとうございました。やっと、訳が分かりましたよ」

呆然《ぼうぜん》としながら、それでも深く頭を下げ、地本問屋を出た。だが、数歩も歩かない内に歩が止まって、道端の看板柱に寄りかかった。顔が強《こわ》ばる。何が起こっているのか、得心がいった。

（木偶だ！　奴らが動いているんだ。名人に作られ、心を込められて使われた人形には、魂魄《こんぱく》が入って留まる！）

思い起こしてみる。確かに見せ物小屋の中に、木偶人形芝居があった！　あそこの木偶が、妖《あやかし》と化して、今回の一件を為《な》しているに違いない。

（店の銭箱に入れた金は……人形芝居の興行で、稼いだものだろう。でも、夜中ならばともかく、昼行った興行の金を、木偶がどうやって己達のものに、しているんだろうね）

その時。佐助の頭に、若だんなの言葉が思い出された。

『かえる。かえる』

見せ物小屋の中で、若だんなはそんな声を聞いた。そしてその後、息が苦しくなってきている、まるで体が硬くなって、巧く息が出来ないかのようではないか。木偶になっていくかのようだ。

（つまり、入れ替わっているんだろうか。木偶たちは金を代価に、人の身を手に入れ

ているのか）

もうすっかり人に成り代わった者が、昼間仲間のために、動いているのかもしれない。先に見た夜の怪しい影は、動き回っている木偶なのだろうか。あれが手に入れたものの代償として、各店に小判を届けていたのだろう。

佐助は走り出していた。何のために、人形たちがそんなことをするのかとは、これっぽっちも考えなかった。

単に、別の身になるのが、面白かったのかもしれない。蕎麦《そば》の一杯を食べてみたいと、そう思った木偶がいたということも、あり得る。妖達の考えは、人の思案の外であった。そのことは人ではない己が、一番良く知っている。

大事なのは今この時、若だんなの体が、乗っ取られかけているということだ。何が何でも、止めなくてはならない。体中が木偶のごとく固まっては、人は息が出来ない。死んでしまう。和泉屋や藤屋の主人達のように、若だんなも死んでしまう！

「そうはさせるものか！」

佐助は土埃《つちぼこり》を立てて、夕暮れの気配が見えてきた空の下を、駆け抜けて行った。

6

日が暮れれば、見せ物は終わりだ。赤く染まった雲の下、神社の境内からは客ではなく、既に興行主らが、帰って行くところらしかった。それを無視して、奥へ走り込む。木偶人形芝居は、見せ物小屋の中で、奥から二番目だ。

筵を撥《は》ね上げ客席に飛び込む。人はおらず、薄暗い。だが妖の目を持つ佐助は、そのまま楽屋に入っていった。

暮れきらない外の僅《わず》かな明かりを受け、部屋内に幾つもの木偶が、転がっているのが見えた。縄をかけられ、柱から吊《つる》されているものもある。妖艶《ようえん》な姫は、首から上だけが行李の上に置かれている。がばりと目を剝《む》いた鬼婆《おにばば》が、真っ赤な口元を大きく開けていた。奴《やっこ》が尻《しり》をはしょっている。綿についた血糊《ちのり》が、薄暗い中、本物の血のようだ。皿からしたたっている。

「ここの木偶達の頭《かしら》は、誰なんだい。出てきなよ。話がある」

低い声で言った。

事が終わるのなら、いっそ木偶達を全《すべ》て、ぶちこわしてやりたいくらいだ。しかし、それで若だんなが助かるという保証がない。何の音もせず、返答も無かった。佐助は懐から短冊を取り出すと、歌を口にした。

「鬼も仏も手づくねにして……人形師の歌なんだってな。こいつは約束を果たしたという証書かい。あんた達が何をやっているのか、あたしにはもう分かっている。金と引き替えに人に成り代わって、どうするね」

懐から金子を出した。店の名を告げ、百両を行李の上に置く。

「とにかくこれで、うちの若だんなから、手を引いておくれ。足らない分は、明日にでも持ってこよう。全部返す。いや、それ以上出す。倍払ってもいいんだ」

頼む、と言ってから、しばし待った。

しかし返事は無い。物音一つしない。まるで勘違いしている佐助が、一人芝居をしているかのようだ。

口の端を片方、くいとつり上げると、佐助は転がっていた八重垣姫の豪奢《ごうしゃ》な人形を拾い上げる。その首に手を掛け、言い放った。

「これ以上黙《だん》まりを決め込んでいると、こいつを粉々にぶち壊すぞ。簡単に出来る。あたしが人でないことは、感じているんだろう」

不意に、左足を摑《つか》まれた。見下ろせば本朝廿四孝《ほんちょうにじゅうしこう》、勝頼《かつより》の木偶で、誠に涼やかな二枚目だった。だが人形であるにもかかわらず、暗い中でも奇妙に人くさく感じられ、薄気味悪い。

「ふうん、お前さんも相方が壊されるのは、嫌なのかい。実はあたしもそうでね」

強く足を一振りすると、勝頼は部屋の隅に転がった。その脇《わき》に立ち上がった姿がある。おおらかな風体には、太郎冠者《かじゃ》を思わせるものがあったが、こちらは人形とは、既に大きさが違っていた。

「おや、あんたは木偶には見えない。昼間興行を仕切っているのは、あんたみたいだね。頭目かい？」

「ここには頭などという者は、いないんだよ。あたしらは元から妖と化している者達だったが、人に成り代わって、何をしようと思っていた訳じゃあない。ただ、人の方から持ちかけられたのさね」

「入れ替わってくれと？　冗談だろう」

「必要な金子をくれるのなら、腕一本、足の片方くれてやると、そいつは言ったのさ」

その商人が、どうして木偶にそんなことを願ってみたのか、今はもう覚えていない。ともかく、そんなことから始まったのだ。

「かえる、と約せば、金を渡した。たったそれだけだ。後のことなど考えもせず、人は止まらなくなったよ」

簡単だから。明日のことより、今がとにかく大事だから。

木偶達も、止めなくなった。

「今じゃあ興行の金だけでは、願い事を叶《かな》えるのに足らない程だ。だがなに、どこぞの蔵の中から拾ってくるという手だてもある。どうしてそんなに睨《にら》む？　騙《だま》してはいない。だろう？　そうだろう？」

（こ奴《やつ》ら、このまま放っておいたら、どこまでやり続けるんだろうか）

木偶達は今に、人の中に混じっていく気かもしれない。それが理に反したことだとは、思いもせずに、どんどん数を増やす。見つかる日まで……。

だが、世の中全ての心配をするつもりは、佐助には無い。

（大事なのは、ただ一つだよ）

佐助はとにかく、若だんなだけは解き放してくれるよう、頼み込んだ。しかし、木偶達の答えは、取り付くしまもないものだった。

「無理だね」

「それは無理な話だ」

「駄目だよ、だって……わたしらだって、どうやって止めたらよいか、分かっていないんだからね」

ひゅいっと、佐助が息を呑《の》んだ。

「……分からない？　お前達にも？」

「契約は済んでしまった。金は払われたんだ。あんたの若だんなは、もう引き返せない。端《はな》からそんな方法は、ないのだから」

「何を言う。だって、旦那《だんな》様はまだ、どうともなっていない。だから……」

言いかけて、言葉が途切れた。主人は金を必要としていたものの、本心は怖がっているように見えた。もしかしたら初めから……『かえる』のは、若だんなの役目になっていたのだろうか。

(旦那様は、やってしまったのか……)

きっと大丈夫だ、ちょっと息子に代わってもらうだけだと、己に言い聞かせて……。

目の前がどんどん暗くなってくる。もう暮れきって、夜になったのだろうか。

「そんな……馬鹿《ばか》な……」

急にずしりと、手が、足が重くなった。見ると薄暗い楽屋のそこいら中から、木偶達が起きあがって、佐助に取り付いて来ていた。

「姫を離せ」

「帰りなよ。でなければ妖とて、容赦はしない」

「お前も取り込んでしまうよ。大事な若だんなと共に、ここで人形の仲間になるかい」

振り払っても、また取り付いて来る。死んだ虫にたかる蟻《あり》のように、集まってくる。一つが胸元まで上がってきた。小さな木偶を足場にして、次の人形が顔にまで手を掛けてきていた。

(止め方を知っている者はいない……どうしよう、どうしたらいい?)

呆然とした気持ちと共に、佐助は木偶の中に埋まって行く。一体、また一体と、人形が佐助の体の上に重なって、まるで一つの巨大な木偶のようになって行く。飲み込まれ、目の前が塞《ふさ》がれ、真っ暗だ。

頭の先まで人形の山で埋まった時……いきなりそれらを力一杯弾《はじ》き、振るい落とした。

「分かったよ……お前さんたちには、どうしようもないんだ。だったら、やることは一つしかない」

佐助はにたりと笑い出した。酔っぱらったか、正気を失ったようなその目つきに、木偶達がざわめく。

「古来より、不浄を清めるのには、火が一番だ。こうなったら、全て燃やす！」

言うなり！

佐助はその拳《こぶし》で、思い切り楽屋の筵《むしろ》敷《じ》きの床を殴りつけた。地の中に拳がのめり込む。光が走った。

ずうん、と一寸、腹の底に響く音がしたかと思うと、木組みが大きくたわみ、揺れる。軋《きし》む。小屋が悲鳴を上げているかのようだった。筵を繋《つな》いでいた縄が、ちぎれて飛んだ。まず柱が雨となって降って来る。筵がそれに続く。埃と悲鳴が大きく沸き上がった。

佐助は一飛びでそこから出たが、木偶達はあっという間に、小屋のなれの果てに埋まってしまった。見れば向かいの小屋も全て倒れ、瓦礫《がれき》となっている。沸き立った埃が月光の下、薄汚れた綿のように見えていた。

袖《そで》の中の合財袋から、佐助は迷う様子もなく火打ち石を取り出した。倒れた材木の間から、声が幾つも聞こえてくる。

「無理だよ」

「もう何をしても、無理だよ」

「こんな町屋に近いところで火を放ったら、燃え広がってしまうよ」

佐助は手を空に向かってあげてみた。確かにこの風向きでは、危ないかもしれない。

だが。

「若だんなを助けるんだよ。これしかない！」

素早く火打ち石を打つと、火花を火口《ほくち》に移し取る。つけ木に取った火を、倒れ重なった筵に放てば、目の前が明るくなった。あっという間に燃え広がって行く。

（ああ……ああ……）

聞こえたのは、燃え上がる木や筵の音だったのか、人形の悲鳴だったのか。炎の朱は気味が悪いほど美しい。流れるように燃え移って、一層明るくなってゆく。

これで木偶の妖が人と入れ替わり、どこまでも増えて行くのは、止まったのかもしれない。だが佐助にとって、そんなことは考えの他だった。もう小屋の方など見もせずに、いっさんに店に向かって走りだした。

店に帰り着いた時には既に、半鐘の音が間近で聞こえていた。火元は近いのだ。

店の者は皆、外に出て様子を確かめているようだ。佐助はその姿には構わず、真っ直《す》ぐに若だんなの寝間に飛び込んで行った。

「若だんな、今帰りましたよ」

とにかく気になって、布団《ふとん》の中に手を突っ込み、腕を摑んだ。柔らかかった！

「良かった。戻ったんですね」

ほっとして顔を見る。苦しそうな様子は見られない。だが。

だが……。

「若だんな？」

寝ているように見える。でも……火事だというのに、呑気《のんき》に横になっているとも思えない。大体、最近眠りが浅い筈《はず》であった。佐助に手を摑まれたのに、何故《なぜ》目を覚まさないのだろうか……。

そっと口元に手をあてる。

息をしていなかった……。

（そんな、そんな馬鹿な。もう奴らはいない。片づけたのに。燃やしてやったのに！）

抱き起こしてみて、揺さぶったが、目を開けない。木偶達の声が、頭の中でぐるぐると回って響いた。

（無理だよ）

（もう何をしても、無理だよ）

（だから言ったじゃないか、無理だ、無理だ、無理無理無理無理無理……）

「畜生、何でだ！」

吼《ほ》えた。納得がいかない。絶対に。

「あたしは……若だんなに、大丈夫だと約束したのに……しくじったのか」

頭の中に考えが結ばない。そのまま随分と長い間、動けなかった。ただ、若だんなの側《そば》で、呆然《ぼうぜん》としていた。

（無理無理無理無理無理無理無理無理……）

木偶らの声が、頭の中で跳ねて刺さる。涙一つ出てこない。どうしたらいいか、分からなかった。

がんがんと鳴らされる半鐘の音が、うるさいと思っていたら、いつのまにやら障子が朱色に染まっていた。火が町を、店を燃やし始めたのだ。妖《あやかし》達の推測の通り、あっという間に町屋に燃え広がり、大火になっている様子だった。

（この店のために旦那様は、金と若だんなを交換したのに、さ）

その大事が燃えていると思うと、笑えてきた。和泉屋も大江屋も藤屋も、その他にも、命と引き替えに金を得て守ってきた店が、焼け落ちようとしている。畳に爪《つめ》を立てた。
「ひははは……あはははは……」
引きつった声が、口からこぼれ出てきた。止まらない。体をくの字に折って、笑う。
涙までこぼれ落ちてくる。ただただ、笑って、笑って……そして泣き続けた。
「はははあっ……」
随分と、そんな己の声だけを聞いていた。
その内己の足が、燃えるように熱くなってきて……振り向いた。若だんなの寝間の
障子や、佐助の着物の端に、火が移っていた。その熱さで、体が動いた。ふらふらと
立ち上がる。
(若だんな……)
店一つを荼毘《だび》の薪にして、火葬にされようとしている。妖に取り憑《つ》かれかけたのだ。
三途《さんず》の川を渡る前に、火で清められた方が良いかもしれない。佐助は連れ出すことを
せず、その場を離れた。
若だんなも店もなくした。だが不思議と、居場所が無くなってしまったと、嘆く気
持ちは起こらなかった。
今はひたすらに、悲しかった。

日が昇って沈み、季節が去り年が過ぎ、ただ、犬神は歩いていた。もう留まる場所を見つけることもなく、人としての名も、呼んでくれる相手のないまま、薄れて消えた。

ある時道の先に、無数の狐火《きつねび》を見つけたが、頓着《とんちゃく》せずに正面から踏み込んだ。案の定、狐達に囲まれ、あっという間に打ち据えられていった……。

7

「それで？　そのお人は、死んでしまったのかい？」

顔を固くして、目を丸くしている若だんなに、佐助は頷《うなず》いた。

「井筒屋の若だんなは、亡《な》くなりました。ああ、あの店はそういう名でした。紙問屋でしたね。場所も、江戸ではありません。やっと思い出しましたよ」

暫《しばら》く世話になった店なのに、話している間、不思議と名前を思い出せなかった。思い出したくなくて、記憶の底に封じてしまっていたのかもしれない。昔話をしている間も、ちりちりと胸が燻《くすぶ》っているようだった。

「店も、井筒屋があった町も、丸焼けになったみたいです。後悔はしておりませんがね。あそこは厄介な妖に魅入られていた」

火事は厄災ではあるが、火で清められれば町はまた、一からやり直せる。ただ、井筒屋の若だんなは、戻っては来なかったのだ。もう一人の兄《にい》やである仁吉に、昔の思い出、出会った人たちがいたように、佐助にも若だんなが知らぬ記憶があった。

だが、その思いが苦いからだろうか、佐助は今まで、昔を語ったことはなかった……。

「佐助はそれからどうやって、この長崎屋に来たの？」

「狐達に打ち据えられたと、言いましたでしょう？　そこから救って下さったのが、若だんなの祖母君、皮衣《かわごろも》様だったのです」

齢《よわい》三千年の大妖《たいよう》だ。長崎屋の一太郎はその孫であり、それ故《ゆえ》に今も佐助のような妖達に、守って貰《もら》っている。

「私に商いの経験があると聞くと、ちょうど孫に守をつけたいところだとおっしゃって、若だんなのことを、お頼みになったのです。私は最初、助けて貰った分だけを、きっちり返そうと思っていました」

だが、小さかった一太郎は、佐助と仁吉に良くなついた。おまけに目が離せないくらい、せっせと間を置かずに、死にかかる。付きっきりで看病し、遊び相手になり、また毎日働いた。長崎屋で忙しい日々を過ごす内に、あっという間に十年以上、月日が経《た》っていた。

勿論《もちろん》、生まれてからの歳月に比べれば、短い……ほんの僅《わず》かな年月だ。だが、その間に『佐助』という名が、呼び続けられることによって、また犬神のものになってきた。若だんながいて、仲間の妖らがいて、この店がまた、佐助の居場所になった。

(気がついたら、野宿をしながら一人でいた、長い長い日々が、思い出語りの中のものに変わっていたよ……)

考えに浸って少しばかり黙っていたら、若だんなが心配そうに聞いてくる。

「ねえ佐助……昔のことを聞いちゃ、いけなかったのかな。思い出すのは嫌だった?」

佐助は少し笑うと、薬湯の入った椀《わん》を手にとって、若だんなに差し出しつつ、首を振る。

「いいえ、井筒屋の若だんなとは、仲が良かった。忘れたくはありませんよ」

さあ、そろそろ薬の時間だといって、飲ませようとすると、これに若だんなは例によって、渋い顔だ。佐助はきっぱりと言い切った。

「飲んで下さい、若だんなに病で死なれたら、あたしはまた一人になってしまう。二度とあんな思いは嫌ですよ。寂しいです。お願いです」

若だんなは慌《あわ》てて椀を手に取り、急いで薬を飲み干している。茶を淹《い》れている仁吉が、横で小さく笑っていた。

今夜も長崎屋の離れでは、火鉢に贅沢《ぜいたく》なほど炭がくべられ、薬缶《やかん》から柔らかな湯気が立っている。板戸を立てた部屋の内は暖かく、外の寒気が嘘《うそ》のようだ。今宵は雨こそ降っていなかったが、木枯らしが強く吹いているらしく、風が梢《こずえ》を吹き抜けて行く音が、途切れない。

（こんな天気のときは、野宿は辛《つら》かったなぁ）

だがそれもまた井筒屋のことと共に、思い出となっている。今一太郎は無事で、寝床の中でゆったりと横になっている。そこが肝心であった。今度こそ、何が何でも守りきるつもりでいる。

若だんなの夜着の足元や端の方から、何匹もの鳴家《やなり》達が中に潜り込み、上に乗って、眠たそうな顔を浮かべている。あまり数が増えると重たくなるので、仁吉が適当に払っている。だが直ぐにまた、集まる。それを見て、若だんなが笑っていた。

（やっぱりただの犬神じゃなくて、佐助という名前がある方が、いいねえ。呼んでくれる人がいる方が、いいねえ……)

ふと、そう思った。その名を仁吉から呼ばれ、受け取った湯飲みが、暖かかった。

たまやたまや

1

「若だんな、なんで小判なんか、巾着《きんちゃく》に入れているんですか？」

廻船《かいせん》問屋兼薬種《やくしゅ》問屋、長崎屋の離れで、跡取り息子の一太郎が小簞笥《こだんす》から金子《きんす》を出していると、膝《ひざ》の上から声がした。見れば恐ろしい顔の小鬼たちが何匹も集まって、若だんなの方を見上げてきている。

更に視線を感じてひょいと振り向けば、贅沢《ぜいたく》な作りの部屋に置かれた屛風《びょうぶ》の中から、華やかななりの屛風絵も、こちらを窺《うかが》っていた。どちらもおよそ尋常ではない出来事であった。だが若だんなは慌《あわ》てるでもなく、にこりと笑う。

「いえね、私は普段これでもかと言う位、甘やかされているだろう？　だからね、ここいらで一回、世の常に従ってみようと思ってさ」

「世の常って、何です？」

「こういう育ちをしたからには、放蕩《ほうとう》息子にならなきゃあ、悪いような気がしてねえ」

若だんなはもう十八になるが、夜遊びにも無駄遣いにも全く縁がない。並外れてひ弱な質で、外にも滅多に出られないからだ。

昨日まで例によって、五日程寝込んでしまった。だからどうにか床を離れたとき、考えたのだと言う。この機を逃さず、悪行に走るべきではないのか。

「わ、若だんな。そんな妙な事を言い出すなんて、三春屋の栄吉さんが見舞いに持ってきた、不味《まず》い菓子でも食べ過ぎたんですかい？」

「大げさだね、鳴家《やなり》。要するにちょいと、外出をしてくると言っているだけだよ」

「一人で？　しかも病み上がりじゃありませんか！　仁吉《にきち》さんも佐助《さすけ》さんも、絶対に出かけて良いとは言いませんよ」

屏風絵の中から低い声を上げたのは、妖《あやかし》の屏風のぞきだ。普段は皮肉を調子よく口にするのに、今は屏風の中で座り込んで、言葉が続かない様子だ。小鬼姿の鳴家達にいたっては、目をくりくりと回しながら、皆でおろおろとしている。

長崎屋に住み着いている妖たちは、若だんなとは長い付き合いだから、病み上がりの若だんなが勝手に他出したりしたら、どんな騒ぎになるか心得ているのだ。いつもならば隣の菓子屋へ行こうとしただけで騒ぐ二人の妖の手代《てだい》、仁吉と佐助が雷を落とすこと、請け合いだった。

「だけど、今日ばかりは何が何でも、外出をするつもりなのさ」

その決心で、若だんなは素早く行動した。さっと紙入れの根付けを帯に挟み込むと、そのまま部屋を出て玄関に向かってゆく。

「わあっ、不味いよ。直《す》ぐに出かける気だね。どこへ行こうって言うんだい」

屏風のぞきの仰天した声を聞いても、足を止めはしない。それどころか一層急いで草履《ぞうり》を突っかけた。

「若だんな！」

その時、若だんなの背に何かがとんと乗ってきた。見れば鳴家達で、着物にしがみつくと、直ぐに袖《そで》の中に潜り込んでくる。どうやら屏風のぞきがお目付役にしようと、投げて寄越したらしかった。

「せめてそいつらだけは、連れて行っておくれな。一人で外に出したんじゃあ、あたしゃあ、手代達に吊《つる》し上げられちまうよ」

嘆く声を振りきるように離れを出ると、若だんなは直ぐに薬種問屋脇《わき》の小さな戸から、通りへ出た。程近いところに、幼なじみのいる菓子司《つかさ》三春屋が見える。そちらに目を向け、若だんなはすいと眉根《まゆね》を寄せた後、大通りへ向かって歩を進めていった。

長崎屋の前を右に折れ、人通りの多い大通りを暫《しばら》く歩いてから、木戸をくぐって横の道に入った。道に出ていた腰掛け茶屋でくつろぐ人の横を過ぎてしばし。並んだ二階建ての商家の内、吹き寄せ格子《ごうし》の一軒に、松島屋と書かれた藍地《あい》の暖簾《のれん》を見つけると、若だんなは歩を緩《ゆる》めた。

「ここだ……菓子司三春屋よりも、少し大きいくらいかね」

間口は二間程であろうか、店先に大きな下げ看板や看板柱などは出ていない。わざわざこの松島屋を目指して来たにもかかわらず、若だんなは店に入ろうとせずに、ひょいと踵《きびす》を返した。直ぐに袖口の中から、鳴家達が顔を覗《のぞ》かせてくる。

「若だんな、その店でなんぞ、買い物をするのではなかったんですか？」

「ここは献残屋《けんざんや》だよ。私は今のところ、用はないねえ」

若だんなが笑いながら言うと、馴染《なじ》みのない店の名前に、鳴家達は首を傾《かし》げている。

「献残屋は、献進物、贈答品の残余をお武家から集めて、他に転売するのが商売なのさ」

熨斗鮑《のしあわび》や昆布、干魚、胡桃《くるみ》、葛粉《くずこ》などの日持ちがする食べ物や、飾り付きの太刀とか献上品を入れる道具類などを扱っている。公方《くぼう》様のお膝元の江戸では、武家間の贈答儀礼が大層多い。それ故《ゆえ》に、成り立っている商売であった。若だんなの離れでの暮らしには、とんと縁のない商いだ。

「じゃあ、何でこんなところに来たんです?」

怖い顔を傾げている鳴家達に、にこりと笑っただけで返事もせずに、若だんなは一軒おいて、その隣にあった扇屋に顔を出した。店先に座り込み、置いてあった扇を見ながら、番頭らしき人にそれとなく松島屋の事を聞き始める。

「ああ、あそこはご主人の忠兵衛《ちゅうべえ》さんが、堅くってね。しっかりした商売をなさっていますよ。息子さん? ああ庄蔵《しょうぞう》さんねえ。何でそんなことを聞くんですか?」

「実は知り合いの仲人《なこうど》さんから、話がありましてね。庄蔵さんは律儀《りちぎ》なお人で、妹を嫁がせるには、本当に良いお相手だとか」

「おやまあ。ああ、それは……どうでしょう」

途端に言いよどんだ相手に、若だんなは素早く、小粒と呼ばれる銀貨を握らせた。

「これは済みません。いえねえ、庄蔵さん、以前は真面目《まじめ》に親の商売を手伝っていたんですが……ああ、どこぞで借金でもしたに違いありません。金貸しの用心棒みたいな浪人者に、よく追いかけられているんですよ」

金のことで話があると言って、浪人が庄蔵にまつわりついているのだという。

「博打《ばくち》にでも手を出したんでしょうかね」

番頭は苦笑している。礼を言って店を出ると、若だんなは更なる噂《うわさ》を聞くために、その隣の瀬戸物屋に飛び込んだ。

「庄蔵さん？　あのお人は、一見明るくて世話焼きのように見えるがね、どうだろう。立派な風体の老人に、説教されているのを見たよ。それも一回じゃないんだ」

瀬戸物屋の主人の睨《にら》んだところでは、庄蔵は腹に一物ある者のようだという。

（おやおや、そういうお人なのか？）

道の向かいにある蕎麦《そば》屋では、庄蔵についての意見はまた違った。こちらでの噂は女のことだった。

「庄蔵さんがつき合っている人は、ちょいときつそうだが、いい女なんだよ。お園《その》さんといって、ご浪人の妹さんだ。裏手にある治郎兵衛《じろべえ》長屋に住んでいるよ」

「もう相手がいるんですか」

若だんなは呆然《ぼうぜん》とした。そこに客で隣家の八百屋だという人が、掛け蕎麦を手に話に割り込んできた。

「俺が聞いたところじゃあ、庄蔵さんは夫婦になる相手として、お園さんじゃなくて別の縁を望んでいるようだね。神田の糸問屋伊勢屋喜左衛門《いせやきざえもん》さんというお人と、縁談の打ち合わせをしていたとか」

「貧乏浪人の妹じゃあ、駄目ってことかい？　まあ仕官のために走り回っている兄さんを抱えていちゃあ、持参金など逆さに振っても、小粒も出まいが」

「……はあ……」

　話の礼にと、気前よく八百屋の主人の分まで支払いをして、若だんなは通りへ出た。だが足取りは重くて、直ぐ前にあった天水桶《てんすいおけ》の横で止まってしまう。そこへまた、軋《きし》むような鳴家達の声がした。

「若だんな、知りませんでした。長崎屋にはもう一人、お嬢さんがいたんですか。その方に結婚話があるんですね？」

「藤兵衛旦那《だんな》は三人の子持ちだったんだ。こりゃあ一騒ぎ起こりますねえ。おたえ様が黙っている訳がない」

　ぴいぴいと騒いでいる声が、何とはなしに嬉《うれ》しそうだ。若だんなはこめかみに手を当てて、大きくため息をついた。

「馬鹿《ばか》なことをお言いでないよ。妹なぞ、いはしない。あれは庄蔵さんというお人のことを知りたくて、作り話をしたんだよ」

「あれまあ、つまらない。しかし庄蔵さんとやら、凄《すご》く嫌な奴《やつ》ですねえ。性格の悪い博打うちの借金持ち。金のためなら女も泣かせる」

「ありゃあ、もしかしてそのことを聞く為に、わざわざ外出してこの辺りまで来たんですか」

「もの凄く察しの良いことだね」

鳴家達は褒められ、袖の中で、きゃたきゃたと笑っている。若だんなの方はもう一度、深いため息をついていた。そこへ。

「おい、お前さん、今こっちへ走ってくるのが、さっき話していた庄蔵さんだよ」

近くの八百屋から声をかけられ、振り向いた。もの凄い勢いで男が一人、通りを走ってくる。茶の縞《しま》の長羽織が巻き上がって、はためいている。足元に砂埃《すなぼこり》が立っていた。

「おーい庄蔵さん。このお人が、あんたに話がおありのようだよ」

そう声をかけられ、若だんなは一寸焦《あせ》った。当人と直《じか》に話そうとは、思っていなかったからだ。ところが庄蔵の方も、話をする余裕は無かったらしい。

「今はちょっと……」

駆け抜けざまに言いかけた言葉すら、直ぐに遠ざかってしまう。庄蔵は八百屋と蕎麦屋の間の路地に、飛び込んで行った。

駄目だと言われると興味が湧《わ》く。若だんなは引っ張られるように後を追った。そのまま土蔵脇を抜け、先にあった二階長屋の路地を走り抜ける。袖の内から声がした。

「若だんな、息が苦しそうですよ」

「だってさ、庄蔵さんが、あんなに必死に走っている理由を、知りたいんだもの」

とにかく一生懸命ついて行く。

棟割り長屋の端まで走って来たとき、切れ長の目をした、背の高い女が部屋から現れた。前を行く庄蔵の足が急に止まった。

「お園さん、今日は一段と剣呑《けんのん》な感じだよ。あんた、関わっているんだろう？　一体どうなっているんだい？」

「話している間はありません。とにかく逃げて。明日までは誰にも捕まらないで下さい」

「あ、明日？」

庄蔵の顔が引きつったとき、入ってきた路地の入り口の方から、足音が聞こえてくる。

「早く行って！」

お園の声に押し出されるように、庄蔵はまた走り始めた。ちらりと女に目をやってから、若だんなも後を追う。

「ちょいと、庄蔵さん。何故《なぜ》逃げているんです？」

後ろから息をきらせつつ問うと、庄蔵は振り向いて、若だんなが側《そば》にいることに、驚いた顔を浮かべた。

「こいつは済みません。あなたもついて来られたんですね」

「あなた、も？」

走りながらでは、言葉も途切れがちだ。

「さっきから何だか怖いようなお人が、後を付けてくるんですよ。ところで、どちらさんでしょうか？」

「追われている？……」

若だんなが驚いて、言葉を切った。そのほんの一寸の間に、いきなり長屋脇の、路地の前後が塞《ふさ》がれた。

(なんと、追っ手はお侍だよ)

そう思ったとき、若だんなは生まれて初めて木刀で、がつんと頭を殴られた。

いきなり目の前の長屋が消える。
(ああ、これじゃあ兄《にい》や達に怒られるよう)
そう思ったところまで覚えていた。

2

若だんなが放蕩《ほうとう》を決意する数日前のこと、長崎屋の離れに、幼なじみの栄吉が菓子の包みを下げ、訪ねて来た。

風邪気味で店にも出して貰《もら》えないでいた若だんなは、いそいそと茶を淹《い》れ、盆に饅《まん》頭《じゆう》を置いた。いつものように栄吉が、作った菓子の出来を聞きに来たのかと思っていた。友は菓子屋の跡取りながら、今ひとつ……というか、二つ三つくらい腕が良くないからだ。

ところが明るい庭を見ながら食べた饅頭は、大層旨《うま》かった。

「栄吉、こりゃあ、おじさんが作ったものじゃないのかい?」

「やっぱり一口で分かるかい。そうなんだ」

「今日はお前さん、作らなかったの?」

「いや、たんと作ったよ。おまけに売れ残っている」

「なら、何でいつものように、己のものを持ってこなかったのさ」

若だんなが首を傾げると、話しにくいのか栄吉は、不意に下を向いてしまった。

（おや、どうしたんだろう）

酷《ひど》く真剣そうで、少しばかり困っているようでもある。その友の様子が、若だんなを心配させる。栄吉は話をしかけては黙り、口を開くまで随分かかった。

「実は……おとっつぁんが、俺に店を継がせる決心を固めたらしいんだ」

「そいつは良かったじゃないか。じゃあこの菓子は、お祝いなのかい」

思わず笑みを浮かべて友を見た。栄吉はあまりに菓子作りが下手なので、菓子屋を継がせられるかどうか、親に頭を抱えさせていたのだ。

だがそんなめでたい話なら、何故にこうも硬い顔をしているのだろうか。

「ここのところ一つ一つ、店の売れ筋の菓子の作り方を、教えて貰っていただろう？もっとも相変わらず下手じゃあ、あるがね」

そんな変わらない腕前なのにもかかわらず、親が決断したのには、訳があるという。

「お春にまた、知り合いから縁談が来たんだ。なかなか良い話で、おやじたちは今度こそ、妹を嫁に出すことにしたんだよ」

それで、残った栄吉が跡取りと決まった訳だ。

「お春ちゃんは近頃とみに、きれいだからね」

「嫁ぎ先は松島屋という献残屋なんだが、そこそこな構えの店だという。繁盛《はんじよう》していて、その上温厚だという舅《しゆうと》はいるが、姑《しゆうとめ》は先年他界したらしい」

つまり裕福な相手である上に、嫁入り先での苦労は少なそうだというのだ。

「相手の男は二十六で、庄蔵という名だ。今まで嫁を貰っていなかったのは、亡《な》くなった姑が大層きつい人だったせいだとか」

その母親の喪が明けて、やっと跡取りに本腰で嫁取り話が起こったらしい。この話ならお春が幸せになりそうだと、栄吉の両親は乗り気になったのだ。栄吉は会ってはいないが、庄蔵は客として、それとなく三春屋に来たこともあるという。お春を気に入った様子だったらしい。

だが……。

「あいつはまだ、一太郎のことを思っている。前の話と同じで、気が進まないんだよ」

「……私にゃあ、まだ嫁取りは無理だよ」

「分かってる。一太郎はまだ十八な上に、あいも変わらず寝込んでばかりだもんな。

男だし、嫁を貰うには早いだろうさ。第一、端《はな》から無理な話だ。家格が釣り合わない。おまけにお前さんは、お春のことを妹のようにしか思っちゃいない！」

お春は若だんなと一つしか違わない。そろそろ嫁入りの年頃であった。

「諦《あきら》めきれずにお前が嫁をとるまで待っていたら、お春は行き遅れてしまう。お願いだ。ここできっぱりと思い切らせてやってくれ」

栄吉は文机《ふづくえ》の横に、ばんと両の手をつくと、畳に着くほど頭を下げてきた。若だんなが慌《あわ》てて、その手を上げさせようと掴《つか》む。

「気持ちは分かるけれど……」

だがどうすれば良いのか分からない。わざとらしくも、嫌いだと言えば済む話なのだろうか。若だんなの困った顔に、栄吉が真っ直《す》ぐに目をあわせる。

「先日相手の庄蔵さんが店に来たとき、それとなく親が、お春に嫁入りを勧めたんだ。するとお春は庄蔵さんにいきなり、頼み事をしたんだよ」

若だんなはその話に驚いた。

「初めて会った男に、あのお春ちゃんが？　一体、何を？」

「お春は大事な大事な煙管《きせる》を、無くしてしまったと言うんだ。それを探し当ててくれたら、嫁に行ってもいいと言ったそうな」

後で話を聞いた栄吉は、一寸、煙管のことはお春の作り話だと思ったらしい。芝居で時々使われるやり方だ。無理なことを言って、相手に諦めてもらおうとしたのだろうと。

「ところがお春は、煙管が本当にあったという。どうも嘘《うそ》じゃないらしいんだ」

庄蔵はやさしく、無くしたのはどんな煙管か、お春に聞いたという。

「長くて、涸《か》れた竹のような色をしていたらしいが」

後で栄吉や二親が家中探し回ったが、主のない煙管は出てこなかった。どうしてよいやら分からなくなり、一体何故煙管がそんなに大切なのかと、栄吉は妹が白状するまで、強く聞いたのだという。

「その煙管、一太郎からのもらい物だというんだよ。だから大切だと。一体どんな作りの代物《しろもの》だったんだい？　どこで買った？」

若だんなにとっては、たまたまあげてもいい煙管があっただけかもしれない。だが、お春には宝物なのだ。見つからなかったら、よく似た物をあつらえてでも、庄蔵からお春に煙管を渡させようという栄吉の腹らしい。そうしてこの縁談を決めるのだ。

だが、聞かれても若だんなには、煙管のことが思い出せなかった。

「私は……煙管なんか、あげたっけ？」

「はあ？」

栄吉が眉尻《まゆじり》を下げ、情けない声を出す。

「一太郎は気前よく、色々くれるから覚えていないのかも……」

「息が苦しくなるから、私は煙草《たばこ》を吸わないしねえ。おっかさんものまないよ。だから長崎屋に、お春ちゃんにあげられるような、女物の煙管があったとは思えないんだけど……」

男も女も煙草を嗜《たしな》む者ばかり、という感じの世の中だが、長崎屋の離れに煙草はない。若だんなが首を傾《かし》げていると、栄吉が深くため息をついた。

「やっぱり今度の縁談を断る為《ため》の、お春の作り話だったのかな……」

あるはずのない煙管など、誰も探し出すことは出来ない。がっかりした顔の栄吉に、若だんなは静かに言った。

「もしその庄蔵というお人が本当に良い相手だったら、私がその煙管のこと、何とかしようよ」

「い、一太郎？」

「いざとなれば、私が悪者になってみせるよ。お春ちゃんの気持ちに区切りがつけば、いいことだろうからね」

栄吉が俯《うつむ》いて、目をしょぼしょぼとさせている。とにかくも一応、あるのか無いのか分からない煙管を、探さねばならないようだ。しかしその時、若だんなの心を占めていたのは、煙管そのものでは無かった。

(お春ちゃん、嫁に行くんだ……)

いつも一緒に遊んでいた妹のような娘が、嫁いでいくという。影絵や子捕ろ、目隠し鬼、剣玉、しゃぼん、かくれんぼ。幼い頃の思い出が、離れのあちこちから湧き出してくるようで、何となく気持ちが騒ぐ。

(相手はどんな奴なんだろう。お春ちゃんにふさわしいのだろうね)

若だんなは煙管よりも、その男の顔が見てみたくて、たまらなくなっていた。

3

「ちょいとお前さん、大丈夫かい。……死んじまうんじゃないだろうね」

うろたえたような、心細げな声に目を開けると、庄蔵が真上から、こちらを見下ろしてきていた。薄暗い。周りにはごたごたと物が置かれた棚が並んでいて、若だんなはその間の床に転がされていた。体を起こすと背中が痛い。板間に寝かされていて、体が強《こわ》ばったのだろう。

「良かった、目を覚ましたか」

「ここは……どこなんです？」

起きあがった途端、若だんなは疼《うず》く頭に手をやった。月代《さかやき》にぽこりと瘤《こぶ》が出来ている。

（ひゃあ、痛あっ）

若だんなが口をきき始めたので、庄蔵は狐《きつね》顔をほっと緩ませた。だが、問いには首を振るばかりだ。

侍に襲われ、どこぞへ運ばれたはずだが、その者達の影はない。漆喰《しっくい》壁の部屋にいるのは二人だけだったし、縛られてもいない。出入り口を探すと、部屋の隅の床に、暗い穴が四角く、切り取られているばかりだった。下は闇《やみ》だ。

「どうやらここは、土蔵の二階ですね」

下りる為の梯子《はしご》は、外されているらしい。

「参ったねえ……。ところで、何でお武家になど、追いかけられていたんですか？私たちはどういう訳で、ここに連れてこられたんだろう」

「欠片《かけら》も理由は思いつきません。何も悪さなど、しちゃあいないんですがね」

庄蔵はまた、首を傾げている。

「だが見知らぬ方に、ご迷惑をおかけしてしまったようだ」

そう言うと、深く頭を下げてきた。若だんなは疼くたんこぶに手を当てながら、盛大に眉をひそめる。

（噂《うわさ》を聞く限りでは、このお人、人に恨まれることくらい、山とありそうな感じだけど）

それとも心当たりがありすぎて、一つに絞れないのだろうか。若だんなは部屋の上の方に一つある、小さな窓を見上げた。空の明るさからして、気を失っていたのは、そう長い間ではないはずだ。

「しかし、真っ昼間から何人もの武士が、町人を追いかけ捕まえるとは、尋常じゃあない話ですよね」

とにかく相手は、人切り包丁を持っている。真剣に早急に対処しなくては、気がついたときは、あの世ということになりかねない。一つだけ手がかりがあるとすれば、逃げる途中の長屋で出会った、女の言葉であった。

（明日までは捕まらないでくれと、言っていたな）

あの女ならば、何か知っているに違いなかった。そしてあの女こそ、噂のお園に違いなかった。

（さて庄蔵さんに、お園さんのことを問い質《ただ》したら、まともな答えが返ってくるかねえ）

しばし言葉が途切れた。その時考え込む若だんなに、おずおずといった感じで、向かいに座っていた庄蔵の方が聞いてきた。

「ところで……お名前を聞いても、いいでしょうか。あたしに、どういうご用だったんで？」

初対面だ。若だんなが声をかけた理由が、気になるのだろう。しかしどう説明したら一番よいのやら、咄嗟《とっさ》に言葉が、さらりとは出てはくれなかった。

「つまり私は……そのね、今度の縁談のことで……お相手の庄蔵さんのことを、もっと知りたくてね」

今ひとつ巧《うま》く言えずにいる内に、突然庄蔵は、さっと明るい笑顔になった。

「こりゃあ……もしかして三春屋の栄吉さんでしたか。先日はお会いできませんで、残念でした」

頭を下げてくる。若だんなは口を開きかけ……また閉じた。

（本当の名を言うべきかしら）

だが、お春の幼なじみだと名乗って、妙に誤解されるのは嫌だった。それに兄という立場の方が、話はしやすそうだ。いくら親しくとも、他人では口を突っ込めないこともあるからだ。

(誤解に乗ってみようか)

ばれたら、それまでのことだ。

「それで……今日実は松島屋さんの近所で、庄蔵さんの噂を聞かせて貰《もら》ってたんですよ」

そう話を続けると、庄蔵の顔が今度は強ばった。

「そいつは……噂話には、妙なのも混じっていたでしょうね」

へへへと言って、鼻の頭を掻《か》いている。

「混じっていた？ それはどうでしょうねえ。妙な話ばかりだった、というのが正しいような」

取り出した扇子で、ぽんと己の肩を叩《たた》きながら、若だんなは聞いたことを繰り返す。借金やら女やら、およそ仲人《なこうど》が運んでこない話ばかりだったと言うと、庄蔵は益々《ますます》笑顔を引きつらせた。

「参ったなぁ。借金は無いんですがね。いや、本当に」

庄蔵に、借金の申し込みをしてくる浪人はいる。お園の兄、森川直之《なおゆき》だという。

「あの方は借り入れが多くてねえ。時々あたしにも、少しばかり借りに来られるんで、逆の立場だと誤解されるんですよ」

「では、誰ぞに説教をされていたというのは？」

「嫌ですねえ。そいつは説教じゃあなくて、文句を言われていたんですよ。神田の糸問屋、伊勢屋喜左衛門さんに。あたしがあの方に、縁談を頼んだ訳じゃない。あたしの方が縁を取り持ってくれと、頼まれているんです。そいつが巧くいかなくてね」

松島屋の主人と付き合いのある伊勢屋は、長屋暮らしとなったお園を世話したい、つまり妾《めかけ》にしたいから力を貸せと、庄蔵に言ってきたのだ。断りきれなくて話を通しはしたものの、どちらからも、文句を言われるはめになったという。

「さっき長屋で出会ったお人が、お園さんですね。そう呼んでいましたよ」

「ええ、まあ」

「庄蔵さんの、どの話にも〝お園さん〟が出てくる。一体どういうお人なんですかねえ」

お春は庄蔵の縁談相手だ。その兄ならば、きっとそう言うといった、疑いを込めた話しっぷりで、若だんなは正面から詰め寄った。庄蔵は思わずといった風情《ふぜい》で、少しばかり身を引いている。

「そのぉ、知り合いですよ。はい、知り合い」

「妾の口を世話する程の、知り合い？」

「あれは知った顔だからと、喜左衛門さんが強引に話を持ってきただけです」

「だが兄であるご浪人に、借金を頼まれる程の間柄ではある。なにやらその女の人絡《がら》みで、武士に追いかけられる程度の、付き合いなんですよね」

「そう絡まないで下さいよ、栄吉さん」

説明しますからと言ってから一つ、大仰なため息を間に挟んだ。訳も分からないいま、二人で土蔵に押し込められているというのに、それどころではない話になってている。

（だけど〝お園さん〟が顔を出しているんだ。まったく関係のない話でもないだろうよ）

閉じこめられたことにも、庄蔵にも、お園という女は、深く関わっている様子だ。

庄蔵によると、お園の実家、森川家と松島屋の付き合いは、昔からのものだという。

ただし、お武家と出入りの献残屋という間柄であった。

「元々森川家は贈答品を数多く、持てあます程のお家柄だったんです。ですから、いきなり長屋に引っ越してこられたときは、驚きました」

二親が亡《な》くなっていた。跡取りの直之が浪人となっている子細は、未《いま》だにはっきりとはしない。だが親戚《しんせき》の元に身を寄せず、兄妹二人だけで長屋にいるという境遇が、きな臭い何かがあったことを物語っていた。

「店が長屋に近かったので、じきにお園さんと道で顔をあわせました。頼るお人もいないせいでしょう。何かと声をかけてこられましてね」

要するに庄蔵は、愚痴の吐き出し先になり、金を借りるあてにされているのだ。あげくにお園は、松島屋に顔を出しては、商売物を気軽に持って行ってしまうという。帳場に置いてあった庄蔵自慢の煙草入れが消えて、安っぽい布の品が残っていたこともあったらしい。今腰に下げているのがそれらしく、庄蔵は情けなさそうな顔をしている。

「でも今まで随分と、商いでお世話になった家の方達なんでねえ」

「……庄蔵さん、そこまで気にかけておいでなら、いっそお園さんをお貰いになれば、いいじゃありませんか」

何で別に縁談を探すのかとの問いに、庄蔵は苦笑いと共に答えた。

「森川様は、仕官を望んでおられるようです。お園さんも町人に嫁ぐつもりなど、ないようでして。ただ、色々苦労を抱えておられるんです。男として、何とかしてやりたいだけでして」

「お、男としてだって？」

男なら皆、お園のために働くべきだとでも、言うのだろうか。若だんなは顔をしかめる。

「お園さん、お園さん、何かにつけ、お園さんだ」

縁談とまではいかずとも、もしかしたらお園と、好いたはれたくらいの話には、なったことがあるのかもしれない。

「そのお人に、こうも引き回されているようじゃ、お春は嫁にはやれませんよ。例えば庄蔵さん、女二人が喧嘩《けんか》をしたら、どっちの味方になるつもりですか？」

聞かれた庄蔵が一寸黙ったものだから、若だんなは長崎屋の名薬、健命丸を飲んだかのように、くっきりと眉間《みけん》に皺《しわ》を寄せた。さっと庄蔵の前から立ち上がると、もう話は終わったといわんばかりに、そっぽを向いて離れた。

(こりゃあ駄目だよ。良縁なんて、とんでもない)

嫁よりも大切な女を抱えた男！　借金よりも姑《しゆうとめ》よりも、始末の悪い話だ。

若だんなは唇を噛《か》み、眉間に皺を寄せた。その様子を見て鳴家《やなり》の一匹が、袖口《そでぐち》から転がり出る。

（若だんなの具合が悪くなった！）

小声でそう言うと、隅の陰の中へと消えた。

（本当に、具合が悪くなりそうな話だよ。おまけに帰って頭の瘤を見られたら、仁吉たちにたんと叱《しか》られること、間違いないし）

二人の手代を思い浮かべた途端、何故《なぜ》だか首元がひやりとする。兄や達は今、酷《ひど》く怒っている気がする。

（確かだよ。佐助はきっと、拳《こぶし》を握りしめている。仁吉は……おお怖い。酷薄そうな笑いを浮かべて、雷を落とす準備をしているのさ）

考えるだけでも震えが来るくらいなら、初めから外出なぞやめておけばよいのだが、それでは一生放蕩《ほうとう》は出来ない。

おまけに戻ったら、お春の縁談に反対を唱えなくてはならない。話を聞けば栄吉は納得するだろうが、跡取りを決めたという話も、お流れになるかもしれなかった。

しかめっ面《つら》が取れないでいると、庄蔵が眉尻《まゆじり》を下げて、近寄ってきた。

「あのお、何でそう不機嫌なんですか。何度も言いますが、お園さんとは何でもないんですよ」

どうやら縁談の行方が時化《しけ》模様とみて、言い訳をしてくる。若だんなは振り向き、いつにない、きつい口調で聞いた。

「今この時、通町《とおりちょう》の辺りで火事が起こったとします。お春とお園、二人の女が別の場所で、助けて欲しいと呼んでいる。さあ、庄蔵さんはどうします？」

「そりゃあ……近くにいた方を、先に助けましょうか」

視線を合わせずに言った。青くなった若だんなの顔色を見て、鳴家が袖から手を出し、側《そば》にあった小さな木箱を庄蔵にぶつけた。

「痛っ、何するんですっ」

「遠くにいたら、あんた、お春を助けない気かい？」

鳴家の悪さを、謝る気にもなれない。庄蔵と睨《にら》み合った。

実際火事が起これば、火にも煙にも巻かれる。口先の考え通り、動けないのは分かっていた。それでも、お春の兄だと思われている己に向かって、あっさり言われた返事に、納得がいかない！

「まあいいさ。どうせ庄蔵さんの答えは、間違っているかららね」

口元がひん曲がる程、腹が立っていた。

「庄蔵さん、あんたは結局、どっちも助けられやしないのさ。ここから己が抜け出す算段すら、ついてないんだもの、今、どうやって火事から救いに行けると言うんだい。あんたは誰にも、いい顔を見せたい、そうできると思っている。だが口ばっかりなんだよ！」

きっぱりと言うと、むっとした顔で見返してきた。こうなると『栄吉』に対する礼儀正しい態度も品切れが近いようで、二人の間には、剣呑《けんのん》な空気が行きつ戻りつし始める。若だんなが、思わず側の棚にあった物を手に取った。竹箒《たけぼうき》だ。

そのとき。

ごんっ、と、硬い音が土蔵に響いた。

4

二人でさっと音の方を向いた。穴の下の闇《やみ》から、棒が二本、にょきりと突き出していた。

(梯子《はしご》だ。誰か上がって来る！)

程なく武士が二人、土蔵の二階に姿を現した。口喧嘩はお預けで、二人で思わず壁際《ぎわ》に身を寄せる。侍の顔を見ると、先に長屋で襲ってきた者らだ。若だんな達の前で仁王立ちになると、二人を見下ろしてきた。

「どっちが松島屋だ？」

短い問いかけに、庄蔵は倉の隅で僅《わず》かに手を上げる。

「森川殿から預かった物があるはずだ。こちらに渡してもらおう」

（おお、これは！　まるで今掛かっている市村座の、出来損いの芝居を見せられている気分だね）

先月の終わり、若だんなは久しぶりに、母おたえに付いて市村座に行ったが、目新しさが全くない出し物で、何とも肩透かしだった。どこかで聞いたことがあるような武士の言葉は、あの時のつまらない悪役の台詞《せりふ》と似ている。ただしこちらのには、訛《なま》りがあるようであった。

（二人とも浪人には見えないね。若党というところか……）

「預かり物とは……どういったものなんでしょうか。言ってはなんですが、森川様は今、手元不如意《ふにょい》でして。手前に物をお預けになることなど、ないのですが」

庄蔵が困った顔をしている。どうやら、心当たりが無い様子だ。

「上方の細工上手、又造と言う者の作品だと聞く。それをお前に預けたはずなのだ。当家の当主に献上される品だった。早々に出してもらおうか」

(又造? はて、いつぞや聞いたことがある名だね。廻船問屋の方でだったかな。確か京にいる高名な、お大尽相手の細工師で……さて、さて……)

考え込む若だんなの横で、問いつめられた庄蔵が弱々しい声を出している。

「ですから、そのお……」

仏像だとか、抹茶茶碗《まっちゃぢゃわん》だとか、品の名を教えて貰いたいと言うのだが、返事がない。

若だんなが横から口を出した。

「奇妙な話ですねえ。追いかけ回すほどの品なのに、それがどういう代物《しろもの》だか、お武家様にも、分かっておいでではないようだ。しかもそれの持ち主は、貧乏の塊みたいなご浪人だという」

いきなり若だんなが返事をしたので、不審顔の武士から誰かと聞かれる。

「いえ、親戚の者です」

ここはそう言い抜け、更に言葉を継いだ。

「しかし庄蔵さん、こうして皆が探す程の進物となれば、大層な値の品に違いない。困窮している森川兄妹《きょうだい》が、どうやってそんな品を手に入れたのでしょうか」

ぼそぼそとした返事があった。

「今あのお二人が、まとまった金子を用意したとしたら……出所は糸問屋の喜左衛門さんしかないでしょう」

お園に妾奉公を持ちかけている男だ。そんな頼みをすれば、本当に妾になるしかないかもしれない。それでもお園は借金を頼んだらしい。何としても、手に入れなくてはならない品だったのだ。

「それを森川様が、どうして庄蔵さんに渡したりするんですか?」

若だんなには、そこがわからない。大事の一品であれば、直《す》ぐにも相手に届ける筈《はず》だ。

「手違いがあったのだ」

「主人はその品物を既に、他に差し上げることになっている。急がねばならんのだ。疾《はや》くここに出せ!」

武士達は気短に言ってくる。ここいらまで来ると若だんなには、今日の奇妙な追いかけっこが描いた絵が見えてきた。

「ははあ……。森川様は仕官を望んでおいでとか。どうやらその細工物は、その為《ため》の品だったんでしょう。だが、仕官話は流れたんですね」

こう言ってはなんだが、当節武家の台所は大小問わず、どの家も苦しい。献上品一つで仕官先が見つけられるなどと、若だんなには、とてものこと信じられなかった。

「それは……ご兄妹に、喜左衛門さんからの借金だけが、残ったということでしょうか」

庄蔵が気遣わしげな顔をしている。お園は妾奉公など、望んではいなかった。こうとなったら、その品を返すなり金にするなりして、早く喜左衛門からの借り入れをきれいにしなくてはならない。

「でも、おかしいね。そこで何で、お侍が顔を出すんでしょうね。もう話は終わったはずだ」

「又造の作品があると、あちこちに言いふらしたのは、森川殿だろうが。その話は早、先方に伝わってしまった。大変楽しみにされているという。既に『品は無い』では済まなくなっているのだ！」

（ありゃあ、そういう訳か）

森川は言いふらすことで、仕官の話を確かなものにしたかったのだろう。しかし……。

（まずいねえ……）

今となっては、素直に品物を渡す筈も無いと見て、若党らは、若だんな達を閉じこめたに違いない。こんな荒っぽい手段に出るということは、贈答先と森川兄妹に挟まれて、武家側も余程、切羽詰まっているのだろう。

（お園という女は、明日まで逃げてくれと言っていた。期限はそこだね）

「あたしゃあ、知りませんよ。本当です」

庄蔵の泣き言が土蔵内に響く。しかしそう言ったとて、ことが済むはずもなかった。

「あの二人には、大事な品を預けられる先など、今はほとんど無い。長屋には何も無かった。後頼れるのは、松島屋くらいだわ！」

「あのお……森川様が仕官なさるという話に、持っていくことは出来ないんでしょうか？　それならば森川家のお二人も直ぐに、品物を出されると思うんですがね」

若だんなは試しに言ってみた。しかし、やはり無理なことであるらしい。

「そう出来るなら、とっくにけりはついている」

「ですよねえ」

若だんなはまた、芝居の中にいるような気持ちがしていた。仕官話も献上品も、馴《な》染《じ》んだのは芝居小屋の内でのことだ。既に侍が刀を取って戦った日々は遠く、今の武士達の暮らしは商人の目から見れば、地に足の着いた暮らしから奇妙に浮き上がっている。そんな風だから、典礼ばかりが増えてゆき、献残屋《けんざんや》などという奇態な商売が生まれてきたのだろう。

「……あ、あんた達が、嘘《うそ》をつくからいけないんじゃないか。森川様だとて、仕官の話がなければ、無茶はしなかったはずだよ」

突然庄蔵が横でぼそぼそと言い始めた。見れば少しばかり震えている。刀は怖いが、腹も立つ。そんな震えが押さえきれない様子だった。

「それとも端《はな》から騙《だま》す気だったのかい。おいしい話につられた浪人から、借金で作った品をだまし取るつもりだったのか……」

「だまれっ！　物が無ければ、当家が傾くかもしれん！」

いきなり刀が抜かれて、煌《きら》めきと共に頭の上を過ぎて消えた。袖の中の鳴家が、急に大人しくなる。機嫌が悪くなった証拠で、放っておくと、近くにいる妖《あやかし》達を呼んで無謀をしかねない。若だんなは慌《あわ》てて袖を抱き込んだ。

（大丈夫だよ。私は無事だから、大人しくしておいでね）

小声で優しく言ったのに、返事がない。そろそろ退屈を持てあましても、いるのだろう。ふと嫌な感じがして確かめると、一匹鳴家が減っている。勝手に陰の中に消えたようであった。

（わあっ、無茶をしないでくれればいいんだけど。早くここから出ないと不味《まず》い感じだ。それにしても、今度はお家の一大事ときた）

妙に安っぽく聞こえる言葉に、うんざりした途端、首にひやりとした物が突きつけられた。動くと切れそうで、見ることも出来なかったが、刀に違いない。目前の庄蔵の顔色が変わっている。『主家の浮沈』が町人にどう聞こえようが、当の若党らは死にものぐるいだ。刀を使ってくるかもしれない。

「必要なのだ。明日までにだ。何としてもだ！　思い出せんと言うのなら、一人切ってみようか。考えが変わるかもな」

「ま……待って下さい。考えます。もう一度考えますから、時を下さい。寸の間でもいいです。本当に……今は思い浮かばないんですよ」

庄蔵が細い声で、それでも必死に懇願する。刃物がすいと離れて、若だんなの首元は、強《こわ》ばりから解き放たれた。一旦《いったん》引いたのは、癇癪《かんしゃく》を起こしても、物は手に入らないと分かっているからだろう。どうにもならない時が来たら刀を振り回して、憂《う》さ晴らしをしてくるかもしれない。

「日暮れまで待ってやる。ただし、そこまでだ」

言葉を残して、二人の武士は階下へと消えて行った。（……あれ）残った鳴家が後に続いて、階下の闇に入って行こうとしている。若だんなは慌てて素早くつまみ上げ、袂《たもと》に放り込んだ。横で庄蔵が頭を抱えている。

「どうしよう。ああ、私のせいでお春さんのお兄さんが切られたら、……二度とあの人に顔を合わせられないよ」

「へえ……それくらいには、お春のことを思っているんですねえ」

若だんなの皮肉が届かない位に、庄蔵は必死に考え始めている。どうやら切られたくないのなら、若だんなも考えなくてはならないようだ。

（だからって、わざわざ品物を見つけてあの侍たちにくれてやるのは、面白くない話だよ。気が進まないねえ。どうにかここから、抜け出せないかしら）

見上げた先の窓は小さい。第一もし身が抜けられても、土蔵二階の小窓では、そこから飛び降りるのも剣呑《けんのん》な話だろう。

そのとき若だんなは、窓から物売りのよく通る声を聞いた。

「へえ。ここがどこかは分からないが、町が近いようだよ」

「おや……本当だ。あれは唐辛子売りじゃないですか」

庄蔵も顔を上げた。武家地の塀ばかり続く場所で物を売っても客がいないから、商売人はそんなところへは行かない。振り売りが歩いているのなら、そこは町屋の側で人通りがある場所なのだ。

「大きな声を上げたら、誰かが助けに来てはくれませんかね」

「真っ先に、さっきの若党達が聞いて、刀と共に乗り込んで来るだろうね」

外からは、また別の声が聞こえてくる。

「たまやたまやぁ」

子供に馴染みの声は、しゃぼん玉売りだ。水に溶かしたしゃぼんの粉を、短い竹の筒に入れ、首から提げて売っている。走り回らずとも出来る遊びなので、体の弱い若だんなも、小さい頃よく買ったものだ。

「なつかしいねえ」

そのときふっとその声に、思い浮かんだ事があった。子供の頃の思い出だ。

(私はよその家の庭で、部屋の内に掛けられた、綺麗《きれい》な着物を見ていた……)

沢山の品が、脇《わき》に並んでいた。まるで雛壇《ひなだん》飾りを見ているような、華やかさだった。人が忙しげに廊下を行き来している。若だんな達はしゃぼん玉を追って来て、その家の庭に紛れ込んだのだった。あの日……。

(あの日、私が一緒に遊んでいた相手は、お春ちゃんたちだった……)

そして、美しい衣装の色を思いだしていた。

5

不意にたじろいだ様子の若だんなに、庄蔵が顔を向けてくる。

「どうしました。なんぞ思いついたことでも、ありましたか？」

「いや……昔のことが、頭に浮かんでね」

一つ首を振ると、若だんなは庄蔵の方に向き直り、きちんと座り込んだ。

「ともかく考えることしか、やれることも無し。一度二人で、品物の行方を考えてみましょう」

庄蔵の目につかないようにして、お園が松島屋に隠したのなら、品は紛れやすい、小さな物のはずだ。

「やはり隠し場所は、うちの店でしょうかね」

「ご兄妹の長屋には、なかったと言っていましたよね。余程大事にしなくてはならない品ですから、寺や神社の縁の下に放り込んでおくなどということは、しなかったと思うんですが。それに庄蔵さんが関係ないのなら、明日まで逃げていてくれとは、お園さんもおっしゃらないでしょう」

「なるほど」

庄蔵が捕まっては、品物を取り上げられるかもしれない。そう思うから、あの言葉になった訳だ。

「それで、本当に心当たりは無いんですか」

庄蔵はきっぱりと首を振った。お園が顔を見せると、片栗粉が消えていたり、貝柱が減っていたりする。家賃に困っていたと思ったら、飾ってあった伊万里《いまり》の花瓶が、貧乏徳利に化けていたこともあるという。若だんなは少しばかり、笑わずにはおれなかった。

「そいつは良い腕ですね。名の知れた盗賊になれるかもしれない」

「そんな風だから、お園さんがなんぞ置いていったら驚いたろうし、覚えていると思うんですよ」

思い出されるのは、消えた品ばかりだ。店の品。武家の贈答品の余り物だ。二人で考えているというのに、品も場所も、さっぱり思い浮かばなかった。

「このままもし、日暮れまでに思い出せなかったら、本当に死ぬかも……しれないんですよね」

小さな細工物一つのために、二人の命が危うい。馬鹿《ばか》馬鹿しい話だ。若党らは、多分本気で切って来るに違いなかった。大切な物、守らねばならぬ物が、若だんな達とは江戸と上方の遠さほどに、かけ離れている。言葉ではその隔たりを埋めようもなく、今は逃げることも出来ない。

庄蔵は段々と、思い詰めたような顔を浮かべてきていた。

「あの、さっきあたしは……お園さんは、町人には嫁がないだろうと言いました。覚えておいでですか？」

横に座ったまま、突然ぼそりと言い出した。何事かと若だんなが黙って聞いていると、そのまま声の響く土蔵の内で、庄蔵は一人語りを続けていく。

「白状しますと、一時あたしがお園さんに惚《ほ》れていたのは本当です。気の毒だと思っていました。支えてくれる男を、探しているように見えたんです。己でその役を、したくなりましてね」

お園に、長屋暮らしよりは、余程良い暮らしをさせられる筈であった。ところがその気持ちは、驚くほどぴしゃりとはねつけられたのだという。

「でも、町人だからじゃありません。献残屋だけは、嫌だと言われたんですよ」

「献残屋だから？」

寸の間驚いた後で、若だんなはさっと、その表情を引っ込めた。お園が何と思ったか、分かるような気がしたからだ。

「森川様は、いつも贈答品の残余を沢山、出す側の方だったのです。献残屋の女房になったのでは毎日、いや一生、失った昔と顔をつき合わせて、暮らさなくてはならない。それだけは嫌だと言われたんですよ」

贈答品の残余には、二親の死の思い出も、連なっているに違いない。無理強い出来る話ではなく、庄蔵は黙るしかなかったという。

「男ならそこで、家も商いも捨てて、女を取るべきだったのかもしれません。しかし、あたしにゃあ無理だった。今の商売以外に出来ることがない。こんな風でお園さんと添っても、面倒見るどころか、あのお人に寄りかかってしまうでしょうからね」

情けないねえと、小さな声がする。震えているように思えたから、顔は見なかった。

「だから、その後困ったお園さんが、店の品を持っていっても、怒ったりはしませんでしたよ。ただこのところ、何とも寂しくなってきたんです。嫁取りの話が来たとき、素直にいいなと思いました」

会ってみて、お春に気持ちが傾いた。やっと己にも、良い巡り合いが来たのかと思ったら、何故《なぜ》だか今度の話もすんなりとはいかない。

「ご存じでしょう？　お春さんの無くなった煙管《きせる》を、探さなくっちゃならないんです」

これも今回行方不明の品と同じで、とんと見つける当てがない。己は余程日頃の心がけが悪いのかと、庄蔵は苦笑を浮かべている。

「そりゃあねえ。借金があって、心がけが悪くって、女がいるとの噂《うわさ》じゃあ、なかなか良縁は巡って来ませんよ」

若だんながにやりと笑って言う。だがその笑みは、直《す》ぐに引っ込んでしまった。

「おや、大分日が、傾いて来たみたいだ」

小窓の側《そば》に寄って見上げると、外の空が少し朱がかって来ているのが分かる。その時、最初に消えた鳴家《やなり》が、ぴょこりと袖《そで》の内に戻ってきた。微《かす》かな声がする。

「若だんながご病気だと、長崎屋に知らせてきました。場所を聞いていたから、おっつけ仁吉さんたちが、ここに来ると思います」

「えっ？　お前、兄《にい》やたちに、私が土蔵に閉じこめられているって言ったの？」

「はい。ちゃんと報告しました」

鳴家は胸を張っている。

（うーん、こりゃあ不味い。二人が来る前にここから出ないと。さもないと不機嫌な二人が、入るのに邪魔な武家屋敷の門や土蔵を、壊しかねないね）

若だんなは振り返ると、もう一度庄蔵に確認を入れる。

「こうなったら、紙くず一つでもいい、お園さんと共に店に現れた品を、思い起こしてくれませんか」

「そりゃあ安くていいなら、少しはありましたが。花瓶代わりの徳利、入れ替わった矢立《やたて》と筆、古い扇子、こいつも品が変わっていた、布の煙草《たばこ》入れ……。他になんぞあったかな」

矢立と筆を取り出し、腰の煙草入れを外して、若だんなに見せる。扇子は紙を貼《は》り替えて売ってしまった。貧乏徳利は、台所で使っているという。どちらも、大枚で売れる品とも見えなかった。

「なるほど」

若だんなは二つの品を交互に手に取ると、じっくりと見入っていた。

その時、若だんなの袖に鳴家がもう一匹戻ってきた。もそもそとした動きを袖の中に感じて、顔を部屋の隅の四角い穴に向ける。息を呑《の》んだ。

(早い。もう佐助達が来たのかな。日暮れ前に助けてもらえるのはいいけれど……怖いねえ)

思った通り直《じき》に梯子《はしご》が掛かって、誰ぞ上がってくる気配だ。庄蔵がさっと、顔を強ばらせている。若だんなの方は、雷に備える気持ちだったが……下から上がってきたのは、くだんの二人の武士であった。

「まだ日は暮れちゃあ、いないでしょうに」

不機嫌そうな声で、若だんなが一応文句を言った。だが若党らが聞きたいのは、そんな言葉では無かったようだ。

「思いだしたか？　品はどこにある？」

気が急《せ》いて、約束の刻まで待ってはいられなかったのだろう。腰の物に手を掛けたままで、聞いてくるのも剣呑だ。今にも刀が抜き身になりそうな気配を感じて、若だんなは腹をくくった。

「品物のありかは分かりましたよ。それが何かもね」

「本当か！」

ぱっと二つ笑みが、眼前に並んだ。

「でも、ここで言う訳にはいきません。当たり前でしょう。私たちは無事に家に帰りたいんですよ。土蔵から出して下さい。外へ通じる門の側に行ったら、そこで言いましょうか」

「え、栄吉さん……」

隣から庄蔵が、弱々しげな眼差《まなざ》しを向けてきている。何となく若党らの顔つきも、機嫌が良いばかりでは無い気がする。しかし若だんなが、嘘《うそ》をついているとは決めつけられないのだろう、短い言葉が若党の口から漏れた。

「いいだろう。出ろ」

指し示されたのは、暗闇《くらやみ》へ続く梯子だった。

「あのっ、そのっ……」

階段を下り、分厚い扉を出て行きながら、庄蔵が何か言いかけては、黙ってしまっている。両脇から武士に挟まれているのであれば、相談事も出来ない。

二人が放り込まれていたのは、思った通り大きな土蔵であった。そこから夕暮れがかった空の下、広い広い庭を、武士らに引き連れられ横切って行く。

(これだけ広大なんだ。御家人程度の屋敷ではないね)

そう見当はついたものの、屋敷の様子から、相手の身分を測ることは、若だんなには出来なかった。ただ町人の目から見れば、桁外《けたはず》れの広さが、ここにはあった。これほどの屋敷の主が、細工物一つに振り回されていると思うと、滑稽《こっけい》な気がする。

「それ、目の前に門が見えているだろう。この辺で言ってもらおうか」

裏門の一つだろうか、小さな木戸の脇、植え込みの側で、若党らは促してくる。若だんなはちらりと戸を見て確かめた。大仰な鍵《かぎ》は付いていない。内側からなら、開けることが出来そうであった。

手を差し出す。持っていたのは、先ほど預かった庄蔵の煙草入れだった。

「これですよ。この品が、皆が探し回っていた献上品だ。間違いなく、お園さんから庄蔵さんが預かったものです」

若党らに差し出すが、何故だか手を伸ばしては来ない。どう見てもくたびれ古びた、ただの煙草入れにしか、見えないからだろう。

「こんな物が献上品だと？」

「そういう目でしか見ていないから、今まで探し当てることが出来なかったんですよ。確かです。これが本物です！」

若だんなは煙草入れに巻き付いていた紐《ひも》を手に取ると、先に付いていた長さ三寸、幅が一寸ほどの大ぶりの根付けを指し示した。竹の節と、その根元に兎《うさぎ》の細工がしてある。

「これは汚れているようにも見えますが、象牙《ぞうげ》なんですよ。外《と》つ国《くに》から渡ってきた貴重品だ。おまけにこの細工なら、かなりの値が付くでしょう」

さあ帰してくれと言ったが、侍達は引かない。やはり煙草入れに手を出してこない。

（どうしたんだい？　早くしないと、本当に佐助達が来ちまうよ）

その前に自力で帰りたいのだ。木戸は目と鼻の先、直ぐに飛び出ることが出来るはずだが、刀を持った侍が側にいるのだ。後少しが、なかなかに遠かった。

「……騙《だま》してはいかんな。又造が作った品は、雛《ひな》細工だと聞く。根付けではないんでな」

「なんだい、急に。今まで言わなかったじゃないか」

庄蔵が若党を睨《にら》み付ける。嫌な笑いに迎えられた。

「うっかり何もかも喋《しゃべ》ったら、偽物《にせもの》を摑《つか》まされるかもしれん。嘘つきは嫌いなのでの」

若だんなが根付けを握りしめる。

「もしかしたら、これが本物でも……初めから我々を帰すつもりなど、なかったとか……」

「勘の良い者も、好きにはなれん」

この騒ぎが外に漏れては、困るということか。塀の内で殺されて、この広い庭に埋められたら、誰にも探して貰《もら》えない。町方の岡っ引きや同心は、武家の屋敷内には入れないからだ。

（さすがに……不味《まず》いね）

横を見ると、庄蔵は歯を食いしばって、努めて平静を保っている様子であった。こういう、どうしようもなくなったときに、人は本性を現す。

（思っていたより、ましな男かねえ……）

前後の侍達が、揃《そろ》って刀を抜いた。

「こ奴《やつ》らは、本当に何も知らぬようだ」

今度こそ町人を二人ほど切り捨てて、このうんざりするような騒動の中、少々の鬱《うつ》憤《ぷん》晴らしをしたいと思っているのだろう。

立ち回りは薄気味悪い程に、芝居に似ている。なのに、本当に命を落としそうなところが、市村座との違いだ。

人には見えない鳴家達が、するりと袖から出てきて、若だんなの手に乗る。（あれ？）見れば、連れてきたのより数が増えている。

（こりゃ不味いね……）

思わずのけぞった、その時。

木戸が外側から、ぶち破られた。

「ああ、来てしまった……」

入ってきた者達が、どう見ても丸腰の町人達だったものだから、若党らは対処を誤ったようだ。

まず、二人しかいないと見たのが、そもそも間違っていた。次に、ただの人だと思ったことも、違っていたのだ。現れたのは妖《あやかし》であり、他にも陰の内から、木の枝の中から、そこいら中から若だんなの顔見知りが、湧《わ》いて出てきていた。

「仁吉、佐助、あれ、そんなに殴るんじゃないよ。刀を折らなくとも、いいんじゃないかい？　もう、言っても遅いかね。おやあ……」

刀を抜いていたとて、二人程の侍など、佐助達にはいかほどのこともない。あっという間に、するめの親戚《しんせき》にしてしまうと、まだ殴り足らないみたいな不機嫌な顔を、若だんなに向けてくる。今晩の説教を思い浮かべて、思わず首をすくめてしまった。

「こちらさん方は……どなたなんでしょう」

呆然《ぼうぜん》とした顔の庄蔵と若だんなを、佐助達が促して門の外に出る。鳴家達がこそこそと、袖の内から出て、陰の中に消えて行った。

6

「若だんな！　一体何を考えているんですかっ！」

店に帰った後、手代達の口からは、ひと夏の雷がまとめて湧き出たかと思うほどの、小言と説教が飛び出てきた。それが途切れたのは、土蔵で板間に転がされていた若だんなが、またも熱を出したからだ。

殴られた、切られかけた、例によって寝付いたと重なったものだから、兄やである手代二人の怒りは、いつになく凄《すさ》まじかった。屏風《びょうぶ》のぞきは兄や二人がかりで吊《つる》し上げられ、鳴家は逃げ回る。栄吉は外出のきっかけを作った張本人として、暫《しばら》くの間、不味い菓子の差し入れすら禁止され、若だんなは寂しく寝付いていた。

医者の源信《げんしん》が、心の臓に悪い菓子など、食べぬ方が早く治るなどと言って慰めてくれたが、あまりありがたい話ではない。十日ほどして床を離れても、なかなか外出の許しが出なかった。店で働いている兄の松之助を通して、文のやり取りをし、栄吉に今度の始末の全部を知らせることが出来たのだけが救いだった。

そして。

気が付けば、三月が経《た》っていた。

「さすがに今日は、出して貰えたよ」

出かけた先は隣の三春屋で、若だんなは久しぶりに栄吉に会えて、ほっとしていた。友は今日、紋付きを着ている。

お春の婚礼の日であった。

「話がとんとんと進んだから、うちはずっと慌《あわ》ただしかったよ」

それでも当日ともなれば、忙しいのは女手だ。今のところ栄吉は邪魔な程で、お呼びがかかるまで、店の隅で一太郎と話しているのであった。

「それにしても、栄吉はお春ちゃんに、お園さんのことは話したんだろう？　私もお春ちゃんの探していた煙管《きせる》のことは、庄蔵さんに言ったよ。それでもまとまるときは、早いものなんだねえ」

「話が決まるまで、二人は随分と話し込んでいたよ」

その時、栄吉が小さくああ、と、声を上げた。

「これは最近庄蔵さんから聞いたんだが、あのお園さん、嫁入りを決めたとか」

「おや、誰とだい？」

「神田の糸問屋、喜左衛門さんだそうだ。おかみさんが急な病で、亡《な》くなったとかで」

「……へえ」

喜左衛門は年は随分と上だが、妾《めかけ》を囲おうというぐらいだから、裕福であった。お園は寄りかかる相手を、欲しがっているようだった。ちゃんと婚礼をあげるのなら、後妻であってもいい話だと、庄蔵も喜んでいるという。

「みな、それぞれに、居場所を見つけているんだねえ」

森川家の進物が原因で、切られかけたと言うのに、今となってはお園の話も嬉《うれ》しいことだった。三春屋の奥から女達の声が聞こえてくる。若だんなは武家屋敷から逃げ出した後のことを、ふと思いだしていた。


木戸を抜け出た後、一同は早々にその場を去った。仁吉によると、ここは小川町の武家屋敷の一つだという。鳴家《やなり》に導かれるまま、主《あるじ》の名も確かめずに乗り込んできたらしい。小川町には、あまり大きくない大名と旗本の屋敷地が数多《あまた》ある。その内の一つだろう。

神田が程近かったので、時をかけず町屋が続く通りに出られた。人目の多いところに来れば、一安心だ。繁華な道の番屋脇《わき》の茶屋に落ち着き、仁吉が駕籠《かご》を呼びに行っている間、一休みすることとなった。

人通りは多く、色々なぼてふりが呼び声と共に、夕方になってきた空の下、茶屋の脇を通り過ぎて行く。馴染《なじ》んでいる毎日が戻ってきていた。庄蔵は暖かい茶を手に、ほっと息をついている。

「日本橋へは帰らず、今宵一晩、神田の知り人の家に身を寄せようと思います。明日になれば、騒動も終わるでしょうからね」

「それが上策でしょう。あのお武家達、庄蔵さんのことはよく承知しているみたいでしたし」

若だんなが茶を飲み干すと、さっと佐助がお代わりを頼んでくれた。その姿に、庄蔵が少しばかり首を傾《かし》げつつ、ぐっと頭を下げた。

「ところで、助けて頂いてありがとうございました。お礼の言葉もありません。よく居場所がお分かりになりましたね」

感心の言葉に、佐助が低い声で返事を返した。地の底から響くような剣呑《けんのん》な声だ。

「なに、昼から若だんなのことを、ずーっと探していましたんでね」

「あの、こちらさんは、一体どういうお方で？」

「うちの手代達なんですよ。佐助と、もう一人は仁吉です。私の兄や達で」

「手代さん？」

言われて庄蔵は、やや呆然としている。三春屋は職人すら置けない、表長屋の小店であった。

「あなたは……栄吉さんですよね？」

その言葉に、隣に立った佐助がすっと眉《まゆ》を上げた。若だんなは己の名を、長崎屋一太郎だと名乗り、お春の幼なじみであることを白状した。庄蔵の顔が、一段強《こわ》ばる。

「幼なじみって……何で人の名を、名乗ったりしたんですか？」

「そりゃあねえ。今庄蔵さんがしているような、疑り深い顔で見られるのが、嫌だったからでしょうか。私はお春ちゃんの兄、栄吉の友達です」

「だからって……」

「羅宇《らう》や煙管ぅ」

そのとき若だんなの耳に、通りを行く振り売りの声が届いた。佐助に頼んで、羅宇屋を呼びに行ってもらう。庄蔵は、硬い顔が崩せずにいる様子だった。

「やはり、もう少し話す必要がありますかね」

残った若だんなは、茶を手に小さく言った。

「そうだ、その前にまず……森川様の献上品のことを、伝えておかなくっちゃね。庄蔵さん、大騒ぎの元はこれですよ」

驚く庄蔵の眼前に、袖《そで》から出して見せたのは、先程若党らに本物だと言った煙草《たばこ》入れだ。

「えっ、本当にこれだったんですか？　だって、雛道具だと……」

「お園さんは余程、隠し場所に困ったらしい。一見預けたとは見せないようにして、庄蔵さんに託したんですよ」

どうも分からないという顔の前で、若だんなは根付けをひょいと庄蔵に渡した。大きめの細工物を、そっとひねってもらう。直に小さな音がして、根付けが上下二つに割れた。

「これは……！」

中は空洞になっていて、指の先程の、小さな小さな雛道具が幾つも入っていた。銀細工だろうか、香炉や飾り棚、茶道具などが、綿の上にちんまりと納められている。細かな美しい仕上がりで、まるで手妻で本物を小さく化かしたかのようであった。大名か豪商しか、手に取れない品。そこいらの町民には縁のない細工であった。

「土蔵にいたとき物売りの声で、雛飾りを思いだして……以前店で聞いた、又造という人の噂《うわさ》も、思いだしたんです。米粒ほどの細かな細工を得意としている、という話でした」

庄蔵が預かった品の内、矢立には隠すような所はなかった。残ったのは根付けだったわけだ。煙草入れごと持ってみれば、象牙細工の大きさの割には軽い。

「……あれは、根付けの細工の善し悪《あ》しを、確かめていたんだと思っていました」

「でも、若党らに素直に教えても、帰してくれるかどうか、分かりませんでしたから」

若だんなは侍がどう出るか、見たのだ。

「盗《と》られないで良かったですね」

お園に返してあげたらいいと、その美しい細工を渡すと、少し戸惑いながら受け取った。若だんなは話を続ける。

「私は幼い頃から病がちでね。あまり友達もいなかったんだけど、隣の三春屋の兄妹とだけは、よく遊んだんです。ある日しゃぼん玉売りが来て、私たちはそれを買いました」

ふわりと漂ったしゃぼんを追って、三人は近くのお店の裏庭に、入り込んでしまったのだという。

「障子が開け放たれていて、中に沢山の物が見えました。長持ちや行李《こうり》がいくつも置かれていた。脇に、白いきれいな着物が掛けられていました。婚礼が近かったのでしょう。お春ちゃんはまだ小さかったが、そのことは分かったみたいだった」

白無垢《しろむく》を見たせいだろうか。その時お春は、一太郎に「お嫁さんになってあげる」そう言ったのだ。

「小さな子供どうしだもの。私も素直に、うんと言えば良かったんですよ。だが、あの頃既に寝込む毎日が多かったせいか、私は返事を返せなかった」

大人になるまで、生きているという気がしなかったせいだと思う。お春はべそをかいたような顔をして、しゃぼんを沢山作って空に浮かべていた……。

「……それで？」

何とはなしに不機嫌そうな庄蔵に、若だんなは笑いかける。

「他の男が、気に掛けている娘さんのことを話すのは、結構嫌なもんでしょう？　いえ、それだけです」

「はあ？」

そこに佐助が、羅宇屋を伴って帰ってきた。背に負った縦に長い箱を下ろして貰うと、若だんなは沢山並んだ煙管の中から、細めの朱の羅宇で、雁首《がんくび》に花の細工がある一本を選び出す。

「この煙管を、お春ちゃんに渡してくれませんか。それで、無くした煙管が見つかったことに、なるはずです」

「？　あのお春さんの言葉は、若だんなに煙管を買ってくれと言う、謎掛《なぞか》けだったんですか」

庄蔵の問いかけに首を振る。

「無くしたというのは、煙管ではなかったんですよ。私は煙管をお春ちゃんにあげたことはない。唯一《ゆいいつ》の心当たりは、一緒に遊んでいたときの、しゃぼんです」

しゃぼんを吹くためには、葦《あし》の茎が必要だ。一太郎は小遣いに困らなかったから、三人分のしゃぼんを買って、煙管のように細い茎を、お春に渡した。あの日遊んでいた三人は、花嫁衣装を見ていた……。

「……嫁に行ってもいいのかと、お春さんは若だんなに聞いていたわけだ」

奇妙な謎かけの話は、友達である兄から直《す》ぐに若だんなに伝わるはずであった。昔のことだから、若だんなは覚えていないかも知れない話だ。でも、思い出すかもしれない。花嫁衣装の思い出と共に。

「栄吉に約束したんです。お春ちゃんをちゃんと幸せにするために、力を貸すと。必要なら馬鹿《ばか》に見えたって、お芝居の悪役のようなことも、やると」

「そしてこの煙管を、若だんなはあたしに託すんですね」

お春は煙管が見つかったら、嫁に行くと約束していた。

庄蔵は寸の間、固まったかのように静かに、朱の煙管を見ていた。

煙管を握りしめた後、それを大事そうに懐《ふところ》にしまう。それからもう一度ゆっくりと、深く頭を下げた。道の先に、駕籠を連れた仁吉の姿が現れてきていた。


「そろそろ、お出になりますよ」

奥から親戚《しんせき》の女が、店先に声を掛けてくる。栄吉が奥に向かった。若だんなは外へ出て、店の前に立った。近所の者達が、一目花嫁を見ようと集まってきている。横に仁吉や佐助も並んでいた。

「小さい頃から存じ上げの、お嬢さんのお輿入《こしい》れだ。ここで拝見させていただきます」

「綺麗《きれい》でしょうね」

そう言われただけで何とはなしに、また気持ちが騒いでくる。若だんなのせつなそうな顔を見て、仁吉が声を掛けてきた。

「どうしたんです？　今更ながらに、嫁には行って欲しくないと思えるんですか？」

「いっそ、花嫁を攫《さら》って欲しいですか？」

佐助が物騒な言葉を口にする。本当にやってしまいそうなところが怖い。しかし、若だんなはゆっくりと首を振った。

「もしそう思えたなら、家の格が違ったとて、お春ちゃんを嫁に貰《もら》ったよ。店を、両親を捨ててでも一緒になりたいという気持ちが、私は持てなかったのさ」

お春と無理に一緒になったら、いつかそのことを見抜かれてしまうかもしれない。いや、お春がいるのに、心を奪われる女に会ってしまうこともあり得る。そう考えると、大切に思うだけでは、とてものこと一緒にはなれなかった。

（私は子供っぽい考え方をしているのかな）

生きるの死ぬのと騒いで、一緒になる夫婦ばかりでは無いだろう。年下のお春の方が余程、大人に思えてくる。しかし。

「おじいさまとおばあさまみたいに、家も金も要らぬほどの思いに、出会ってみたい」

ぼそりと、つぶやいた。

「若だんな、そんなお人が現れたなら、ちゃんとあたしらに言って下さいね。下手に家出されたら、体に障《さわ》ります。そのお相手には、是非にも嫁に来て頂かなくては」

相変わらず兄や達は、若だんなが考えの中心にいる様子だ。苦笑が湧《わ》いてきた。

（もしいつか本当に婚礼という話になったら、結構大変だろうね）

何しろ長崎屋の離れは、妖《あやかし》だらけなのだ。

さわさわと、人の声があがった。見れば三春屋の内から、何人もの人が出てきている。直ぐにお春の真っ白い姿が、目の中に入った。わあっという、一際《ひときわ》高い声があがる。

「花嫁さんだよ」

「ああ、綺麗だねえ」

目が吸い寄せられる。ちゃんと割り切っているはずだったが、やはり胸が痛んでくる。

「お春ちゃん……」

声を掛けたのに、その先は何といってよいのか、分からなかった。お春が少し首をこちらに向けて、頷《うなず》いた気がした。

駕籠が来て、花嫁が乗り込んでゆく。栄吉や親、親戚達が付き添った。

周りから小さい子供の、甲高い声が聞こえている。一寸、空をゆく、虹色のしゃぼんを見た気がした。幼い日の己らのように、子らは婚礼の華やかさを、今、目に焼き付けているのだろうか。

花嫁の列が進み始める。若だんなは一歩踏み出して、止《とど》まった。もう駕籠には、声も届かない。遠ざかってゆく後ろ姿はやがて、道の先に消えていった。

解説

末國善己

時代小説は、敷居が高いと思われがちです。何といっても遥《はる》かな過去を舞台にしているので、「明け六」が何時なのか、「二朱《にしゅ》」というお金は大金なのか小金なのか、「島田」がどんな髪形なのかなど、理解するのが難しい用語も少なくありません。それに時代小説には、武将の戦略から経営を学ぶサラリーマンの愛読書という一面もあるので、〝おじさんの読物〟というイメージが強かったことも否定できません。

このような思い込みを覆《くつがえ》してくれたのが、畠中恵さんのデビュー作『しゃばけ』でした。政治体制も経済基盤も、娯楽や文化までが現代とは異なる江戸時代は、いわば異世界です。畠中さんは、こうした認識を押し進め、ファンタジックな江戸を作ってしまったのです。何しろ大妖《たいよう》を祖母に持つ大店《おおだな》の若だんな一太郎が、手代に身をやつしている白沢《はくたく》と犬神、さらに屏風《びょうぶ》のぞきや鳴家《やなり》といった妖《あやかし》を使って難事件を解決していくのですから、時代小説のお約束など知らなくても楽しむことができたのです。

『しゃばけ』から始まるシリーズは、時代小説の中でも人気の高い捕物帳にファンタジーの要素を加えることで、読者の圧倒的な支持を得ました。妖が縦横無尽に活躍するので、〈しゃばけ〉シリーズは、どうしても現実世界とはかけ離れた物語と思われがちですが、実は捕物帳や時代小説の伝統もきちんと受け継いでいるのです。

*

妖怪と捕物帳は、昔から密接な関係にありました。捕物帳の歴史は、岡本綺堂《きどう》さんの『半七捕物帳』から始まります。その記念すべき第一話となった「お文の魂」は、びしょ濡《ぬ》れの女が夢の中に出てくるという怪異を、岡っ引の半七親分が解決する物語でした。そのほかにも半七親分は、天鵞絨《びろうど》のような肌触りの魔物が歩兵の髪を切る「歩兵の髪切り」、突然鳴り出す半鐘、妖怪に襲われる女、干されていた着物が歩き出すといった怪異が連続する「半鐘の怪」など、妖《あや》しい現象に挑んでいます。もちろん作中の怪奇現象は、半七親分によって人間の仕掛けたトリックであることが暴《あば》かれます。ただ半七親分を除く江戸の人々は、妖しい現象を妖怪の仕業と本気で信じていますから、江戸時代にあっては妖怪も、単なる迷信ではなかったことが分かります。

本書『ねこのばば』に収められた「花かんざし」には、賑《にぎ》やかな昼日中の江戸広小路を野寺坊《のでらぼう》、ろくろっ首、付喪神《つくもがみ》の鈴彦姫《すずひこひめ》、獺《かわうそ》、大禿《おおかぶろ》、河童《かっぱ》、猫又といった妖たちが、まるで百鬼夜行絵巻から抜け出してきたかのように闊歩《かっぽ》する場面が出てきます。妖を見ることのできる人間は多くないようですが、妖たちが江戸の市中でごく普通に生活をしているというビジョンは、江戸庶民のメンタリティーをベースにして作られた世界観でもあるのです。その意味で〈しゃばけ〉シリーズは、ファンタジーであると同時に、丹念な考証に基づいて江戸を再現した見事な時代小説でもあるのです。

このように考えると、〈しゃばけ〉シリーズが名作捕物帳のエッセンスを巧みに取り込んでいることも見えてきます。病弱な一太郎は床についたまま推理を披露することも多いので、いわば安楽椅子《いす》探偵です。この設定は船宿の二階で一日中酒を飲んでいるものの、ひとたび事件が持ち込まれると、手下の集めてきた情報で事件を解決する城昌幸さんの『若さま侍捕物手帖』を思い起こさせます。『若さま侍捕物手帖』の主人公は、経歴はおろか名前も明かされていないので、周囲の人々だけでなく作者の城昌幸さんにも「若さま侍」と呼ばれる謎《なぞ》の人物。〈しゃばけ〉シリーズでも、主人公の一太郎は常に「若だんな」と呼ばれています。白沢や犬神が主人の一太郎を「若だんな」と呼ぶのは当然ですが、一太郎は畠中さんの書く地の文でも「若だんな」とされていますので、『若さま侍捕物手帖』との深い結び付きを感じてしまいます。

また、妖たちが一太郎の依頼で事件の手掛りを集めてくる展開は、都筑《つづき》道夫さんの

『なめくじ長屋捕物さわぎ』を彷彿《ほうふつ》とさせます。『なめくじ長屋捕物さわぎ』は、橋本町の裏長屋、通称「なめくじ長屋」に住む大道芸人の「センセー」が、軽業師のマメゾーを筆頭に、アラクマ、カッパ、ユータといった芸人仲間を手足のように使って事件を解決していきます。都筑さんが作り上げた長屋の住人たちは、脇役《わきやく》も含め実に魅力的です。これも〈しゃばけ〉シリーズの妖たちに通じるものがあります。

本書の表題作「ねこのばば」には、上野にある広徳寺の木にたくさんの巾着《きんちゃく》が結び付けられるという不思議な現象が起こり、続いて、その木の下で縄がないのに首を吊《つ》って死んだという僧侶の死体が見つかる不可解な事件が描かれます。これは同じ松の木で五人の男が首を吊る奇妙な事件を描いた『なめくじ長屋捕物さわぎ』の一篇「首つり五人男」へのオマージュでしょう。都筑さんの「首つり五人男」は、探偵と助手が掛け合いをしながら事件を解決するパターンを始めて捕物帳に持ち込んだ佐々木味津三さんの名作『右門捕物帖』に収録されている「首つり五人男」に挑戦するために書かれました。「ねこのばば」は捕物帳の世界に連綿と受け継がれている謎を発展させていますが、ここからも畠中さんの捕物帳にかける熱い想《おも》いが伝わってきます。

捕物帳は、野村胡堂《こどう》さんの『銭形平次捕物控』や平岩弓枝さんの『御宿かわせみ』のように人情で読ませる作品と、久生十蘭《ひさおじゅうらん》さんの『顎《あご》十郎捕物帳』や坂口安吾さんの

『明治開化・安吾捕物』のように本格ミステリーに勝るとも劣らないロジックで読ませる謎解き重視の作品に大別されます。〈しゃばけ〉シリーズには、「人情推理帖」や「人情妖怪推理帖」などの惹句《じゃっく》が付けられています。確かに、ほろりとさせられる結末も用意されていますが、こと事件の謎解きに関しては徹底した理詰めが実践されています。

都筑さんの『なめくじ長屋捕物さわぎ』は、謎解きを重視した捕物帳の代表格として高く評価されているので、都筑さんの影響を受けている〈しゃばけ〉シリーズが、水も漏らさぬロジックで難事件を解き明かしているのは、当然のことなのです。

まず巻頭の「茶巾たまご」では、一太郎の異母兄・松之助が見合いをした海苔《のり》問屋の娘お秋が殺され、現場から文箱《ふばこ》が消失します。なぜ犯人は、盗む価値のない文箱を持っていったのか？　この非合理な現象が、後に事件を解く鍵になってきます。

続く「花かんざし」は、狐憑《きつねつ》きの噂《うわさ》のある屋敷で起こる殺人を描いています。事件は妖の仕業なのか、人間が犯人なのか分からないまま進みますが、一太郎は妖を見ることのできる於《お》りんちゃんの存在を考慮に入れることで、真相を見抜きます。

そして最終話「たまやたまや」では、親友の栄吉の妹で幼馴染《なじ》みでもあるお春の結婚話を知った一太郎が、お相手の庄蔵の周辺を調べていくうち、当の庄蔵と共に謎の武士集団に拉致《らち》されてしまいます。一太郎は、庄蔵の身の上話から武士が探している宝物の隠し場所を言い当てます。このように各篇ともトリックに趣向が凝らされていますが、特にミステリーとして出色なのは「ねこのばば」と「産土《うぶすな》」の二作です。

「ねこのばば」では、寺のお金を横領した僧侶《そうりよ》が殺されます。その現場は、派手な巾着がたくさん結び付けられたことが噂になっている大木の下でした。しかも広徳寺には、妖になりかけの老猫が預けられていました。殺人事件、巾着、猫又という無関係な要素が次第に結び付いて意外な真相を浮かび上がらせるだけでなく、妖が存在していなければ成立しないトリックを作った意味でも、〈しゃばけ〉シリーズらしい一作となっています。作中では、猫が長生きすると猫又という妖になることが強調されています。それだけに、タイトルは〝猫の婆〟のように思えますが、謎解き場面では、「ばば」にはもう一つ別の意味があることも判明します。この江戸の戯作《げさく》を思わせる洒落《しやれ》た結末も秀逸です。

「産土」では、折りからの不景気で若だんなの店も経営が悪化しています。ところが、資金繰りが苦しくなると、突然お金が湧《わ》いてくる奇怪な出来事が続きます。これは旦《だん》那《な》が通っている新興宗教の御利益《ごりやく》のようです。事件の背後に妖がいると睨《にら》んだ犬神は、その正体を探ろうとしますが、ついに若だんなまでが妖の魔の手に落ちてしまいます。

「産土」はホラー色の強い一篇ですが、ラストにはどんでん返しが待ち受けているので、ただのホラーと思っていると足をすくわれることになるでしょう。

＊

一太郎は妖たちが集めてくる証拠を組み合わせ、次々と難事件を解決します。この時に重要なヒントを与えてくれるのが、当時の流行や文物なので、江戸の情緒を楽しむことができます。ここも〈しゃばけ〉シリーズの大きな魅力となっています。

例えば「茶巾たまご」は、百珍本が事件解決の鍵になっています。百珍本は一つの素材から百種類の料理を作るためのレシピ集で、一七八二年に醒狂道人何必醇《かひつじゅん》が書いた『豆腐百珍』が好評を博したこともあり、『豆腐百珍続編』『豆腐百珍余録』などの続編が書かれ、卵や甘藷《かんしょ》（サツマイモ）などの百珍本も刊行されています。

また「ねこのばば」の舞台となる上野の広徳寺も、実在のお寺です。台東区役所脇には広徳寺跡地の碑が立っていますし、関東大震災後に練馬に移転しましたが、お寺は現在も続いています。広徳寺には左甚五郎《じんごろう》の作とされる浪《なみ》と麒麟《きりん》の彫り物がありました。左甚五郎といえば、やはり東照宮の眠猫が有名です。広徳寺に猫又が囚《とら》われている「ねこのばば」の世界は、左甚五郎つながりで発想されたものかもしれません。

広徳寺は、「恐れ入谷の鬼子母神、びっくり下谷の広徳寺、そうで有馬の水天宮、志やれの内のお祖師様、うそを築地《つきじ》の御門跡」の俗謡でも親しまれている江戸の名所で、境内が「びっくり」するほど広かったようです。当たり前ですが「ねこのばば」を読むのに広徳寺が実在のお寺であることを知っている必要はありませんし、百珍本の知識がなくても「茶巾たまご」の面白さが損われることもないでしょう。ただ随所にちりばめられた綿密な時代考証が、作品世界に厚みを与えていることは間違いないのです。

上方の文化は目に見える部分の派手さを競い、江戸文化は着物の裏地や根付など目立たない部分に凝るといいます。〈しゃばけ〉シリーズは、まさに江戸文化そのもので、あまり注目されない細部まで丁寧な仕事が施されています。それだけに江戸時代の知識が深まれば深まるほど、畠中さんの仕掛けた緻密《ちみつ》な計算がよく見えてきます。百珍本や「びっくり下谷の広徳寺」、あるいは百鬼夜行絵巻など、誰もが目にする機会のある有名なエピソードを掘り下げているので、読み直すたびに新たな発見があるでしょう。何度読んでも楽しめるので、末長く付き合えるのも嬉《うれ》しいところです。

ユーモラスな妖たちが活躍する〈しゃばけ〉シリーズですが、本書収録の五篇は、暗い結末も少なくありません。「茶巾たまご」には殺人がなぜ悪いのか分からないと弁明する犯人が出てきます。「花かんざし」は罪に問えない犯罪がテーマになっています。人間の暗部をえぐり出すダークな展開は目をそむけたくなりますが、人を傷つけるのも人間ならば、人を癒《いや》すのも人間なのです。

本書『ねこのばば』は、ほのぼのとした中に、人間は自分を傷つけるかもしれない相手に手を差し伸べ、愛することができるのかという、重いテーマを問い掛けていることも忘れてはならないでしょう。

（平成十八年十月、文芸評論家）

この作品は平成十六年七月新潮社より刊行された。

畠中恵著

しゃばけ

日本ファンタジーノベル大賞優秀賞受賞

大店の若だんな一太郎は、めっぽう体が弱い。なのに猟奇事件に巻き込まれ、仲間の妖怪と解決に乗り出すことに。大江戸人情捕物帖。

畠中恵著

ぬしさまへ

毒饅頭に泣く布団。おまけに手代の仁吉に恋人だって？ 病弱若だんな一太郎の周りは妖怪がいっぱい。ついでに難事件もめいっぱい。

畠中恵著

おまけのこ

孤独な妖怪の哀しみ（「こわい」）、滑稽な厚化粧をやめられない娘心（「畳紙」）……。シリーズ第4弾は〝じっくりしみじみ〟全5編。

畠中恵著

うそうそ

え、あの病弱な若だんなが旅に出た!? だが案の定、行く先々で不思議な災難に巻き込まれてしまい――。大人気シリーズ待望の長編。

畠中恵著

ちんぷんかん

長崎屋の火事で煙を吸った若だんな。気づけばそこは三途の川!? 兄・松之助の縁談や若き日の母の恋など、脇役も大活躍の全五編。

畠中恵著

いっちばん

病弱な若だんなが、大天狗に知恵比べを挑む！ 妖たちも競い合ってお江戸の町を奔走。火花散らす五つの勝負を描くシリーズ第七弾。

畠中恵著

ころころ

大変だ、若だんなが今度は失明だって!? 手がかりはどうやらある神様が握っているらしい。長崎屋を次々と災難が襲う急展開の第八弾。

畠中恵著

ゆんでめて

屛風のぞきが失踪! 佐助より強いおなごが登場!? 不思議な縁でもう一つの未来に迷い込んだ若だんなの運命は。シリーズ第9弾。

畠中恵著

やなりいなり

若だんな、久々のときめき!? 町に蔓延する恋の病と、続々現れる疫神たちの謎。不思議で愉快な五話を収録したシリーズ第10弾。

畠中恵
高橋留美子ほか著

しゃばけ漫画
―仁吉の巻―

高橋留美子ら7名の人気漫画家が、「しゃばけ」の世界をコミック化! 若だんなや妖たちに漫画で会える、夢のアンソロジー。

畠中恵
萩尾望都ほか著

しゃばけ漫画
―佐助の巻―

「しゃばけ」が漫画で読める! 萩尾望都ほか豪華漫画家7名が競作、初心者からマニアまで楽しめる、夢のコミック・アンソロジー。

畠中恵著

つくも神さん、お茶ください

「しゃばけ」シリーズの生みの親ってどんな人? デビュー秘話から、意外な趣味のこと、創作の苦労話などなど。貴重な初エッセイ集。

畠中恵著
ちょちょら
江戸留守居役、間野新之介の毎日は大忙し。接待や金策、情報戦……藩のために奮闘する若き侍を描く、花のお江戸の痛快お仕事小説。

畠中恵著
けさくしゃ
命が脅かされても、書くことは止められぬ。それが戯作者の性分なのだ。実在した江戸の流行作家を描いた時代ミステリーの新機軸。

畠中恵作
柴田ゆう絵
新・しゃばけ読本
物語や登場人物解説などシリーズのすべてがわかる豪華ガイドブック。絵本『みぃつけた』も特別収録！『しゃばけ読本』増補改訂版。

宮部みゆき著
火車
山本周五郎賞受賞
休職中の刑事、本間は遠縁の男性に頼まれ、失踪した婚約者の行方を捜すことに。だが女性の意外な正体が次第に明らかとなり……。

宮部みゆき著
かまいたち
夜な夜な出没して江戸を恐怖に陥れる辻斬り〝かまいたち〟の正体に迫る町娘。サスペンス満点の表題作はじめ四編収録の時代短編集。

宮部みゆき著
幻色江戸ごよみ
江戸の市井を生きる人びとの哀歓と、巷の怪異を四季の移り変わりと共にたどる。〝時代小説作家〟宮部みゆきが新境地を開いた12編。

宮部みゆき著
初ものがたり
鰹、白魚、柿、桜……。江戸の四季を彩る「初もの」がらみの謎また謎。さあ事件だ、われらが茂七親分――。連作時代ミステリー。

宮部みゆき著
堪忍箱
蓋を開けると災いが降りかかるという箱に、心ざわめかせ、呑み込まれていく人々――。人生の苦さ、切なさが沁みる時代小説八篇。

杉浦日向子著
百物語
江戸の時代に生きた魑魅魍魎たちと人間の、滑稽でいとおしい姿。懐かしき恐怖を怪異譚集の形をかりて漫画で描いたあやかしの物語。

杉浦日向子著
江戸アルキ帖
日曜の昼下がり、のんびり江戸の町を歩いてみませんか――カラー・イラスト一二七点とエッセイで案内する決定版江戸ガイドブック。

杉浦日向子著
一日江戸人
遊び友だちに持つなら江戸人がサイコー。試しに「一日江戸人」になってみようというヒナコ流江戸指南。著者自筆イラストも満載。

杉浦日向子監修
お江戸でござる
お茶の間に江戸を運んだNHKの人気番組・名物コーナーの文庫化。幽霊と生き、娯楽を愛す、かかあ天下の世界都市・お江戸が満載。

向田邦子著　**思い出トランプ**

日常生活の中で、誰もがもっている狡さや弱さ、うしろめたさを人間を愛しむ眼で巧みに捉えた、直木賞受賞作など連作13編を収録。

松本修著　**全国アホ・バカ分布考**
―はるかなる言葉の旅路―

アホとバカの境界は？　素朴な疑問に端を発し、全国市町村への取材、古辞書類の渉猟を経て方言地図完成までを描くドキュメント。

諸田玲子著　**お鳥見女房**

幕府の密偵お鳥見役の留守宅を切り盛りする女房・珠世。そのやわらかな笑顔と大家族の情愛にこころ安らぐ、人気シリーズ第一作。

佐々木譲著　**ベルリン飛行指令**

開戦前夜の一九四〇年、三国同盟を楯に取り、新戦闘機の機体移送を求めるドイツ。厳重な包囲網の下、飛べ、零戦。ベルリンを目指せ！

佐々木譲著　**エトロフ発緊急電**

日米開戦前夜、日本海軍機動部隊が集結し、激烈な諜報戦を展開していた択捉島に潜入したスパイ、ケニー・サイトウが見たものは。

佐々木譲著　**制服捜査**

十三年前、夏祭の夜に起きてしまった少女失踪事件。新任の駐在警官は封印された禁忌に迫ってゆく――。絶賛を浴びた警察小説集。

佐々木譲著
警官の血（上・下）
初代・清二の断ち切られた志。二代・民雄を蝕み続けた任務。そして、三代・和也が拓く新たな道。ミステリ史に輝く、大河警察小説。

佐々木譲著
警官の条件
覚醒剤流通ルート解明を焦る若き警部・安城和也の犯した失策。追放された〝悪徳警官〟加賀谷、異例の復職。『警官の血』沸騰の続篇。

葉室麟著
橘花抄
己の信じる道に殉ずる男、光を失いながらも一途に生きる女。お家騒動に翻弄されながら守り抜いたものは。清新清冽な本格時代小説。

葉室麟著
春風伝
激動の幕末を疾風のように駆け抜けた高杉晋作。日本の未来を見据え、内外の敵を圧倒した男の短くも激しい生涯を描く歴史長編。

柴田錬三郎著
眠狂四郎無頼控（一～六）
封建の世に、転びばてれんと武士の娘との間に生れ、不幸な運命を背負う混血児眠狂四郎。時代小説に新しいヒーローを生み出した傑作。

宮木あや子著
花宵道中
R－18文学賞受賞
あちきら、男に夢を見させるためだけに、生きておりんす――江戸末期の新吉原、叶わぬ恋に散る遊女たちを描いた、官能純愛絵巻。

佐伯泰英著

光圀

―古着屋総兵衛 初傳―

新潮文庫百年特別書き下ろし作品

将軍綱吉の悪政に憤怒する水戸光圀。若き六代目総兵衛は使命と大義の狭間に揺れるのだが……。怒濤の活躍が始まるエピソードゼロ。

村上春樹著

神の子どもたちはみな踊る

一九九五年一月、地震はすべてを壊滅させた。そして二月、人々の内なる廃墟が静かに共振する――。深い闇の中に光を放つ六つの物語。

子母沢寛著

勝海舟

（一～六）

新日本生誕のために身命を捧げた維新の若き志士達の中で、幕府と新政府に仕えながら卓抜した時代洞察で活躍した海舟の生涯を描く。

宇江佐真理著

春風ぞ吹く

―代書屋五郎太参る―

25歳、無役。目標・学問吟味突破、御番入り――。いまいち野心に欠けるが、いい奴な五郎太の恋と学問の行方。情味溢れ、爽やかな連作集。

吉村昭著

羆（ひぐま）

愛する若妻を殺した羆を追って雪山深く分けいる中年猟師の執念と矜持――表題作のほか「蘭鋳」「軍鶏」「鳩」等、動物小説5編。

宮部みゆき著

孤宿の人

（上・下）

藩内で毒死や凶事が相次ぎ、流罪となった幕府要人の祟りと噂された。お家騒動を背景に無垢な少女の魂の成長を描く感動の時代長編。

藤沢周平著

時雨のあと

兄の立ち直りを心の支えに苦界に身を沈める妹みゆき。表題作の他、江戸の市井に咲く小哀話を、繊麗に人情味豊かに描く傑作短編集。

藤沢周平著

消えた女
―彫師伊之助捕物覚え―

親分の娘おようの行方をさぐる元岡っ引の前で次々と起る怪事件。その裏には材木商と役人の黒いつながりが……。シリーズ第一作。

藤沢周平著

漆黒の霧の中で
―彫師伊之助捕物覚え―

竪川に上った不審な水死体の素姓を洗う伊之助の前に立ちふさがる第二、第三の殺人……。絶妙の大江戸ハードボイルド第二作！

藤沢周平著

霜の朝

覇を競った紀ノ国屋文左衛門の没落は、勝ち残った奈良茂の心に空洞をあけた……。表題作ほか、江戸町人の愛と孤独を綴る傑作集。

藤沢周平著

ささやく河
―彫師伊之助捕物覚え―

島帰りの男が刺殺され、二十五年前の迷宮入り強盗事件を洗い直す伊之助。意外な犯人と哀切極まりないその動機――シリーズ第三作。

藤沢周平著

たそがれ清兵衛

その風体性格ゆえに、ふだんは侮られがちな侍たちの、意外な活躍！　表題作はじめ全8編を収める、痛快で情味あふれる異色連作集。

隆慶一郎著

吉原御免状

裏柳生の忍者群が狙う「神君御免状」の謎とは。色里に跳梁する闇の軍団に、青年剣士松永誠一郎の剣が舞う、大型剣豪作家初の長編。

隆慶一郎著

鬼麿斬人剣

名刀工だった亡き師が心ならずも世に遺した数打ちの駄刀を捜し出し、折り捨てる旅に出た巨軀の野人・鬼麿の必殺の斬人剣八番勝負。

隆慶一郎著

かくれさと苦界行《くがいこう》

徳川家康から与えられた「神君御免状」をめぐる争いに勝った松永誠一郎に、一度は敗れた裏柳生の総帥・柳生義仙の邪剣が再び迫る。

隆慶一郎著

一夢《いちむ》庵《あん》風流記

戦国末期、天下の傾奇者《かぶきもの》として知られる男がいた！　自由を愛する男の奔放苛烈な生き様を、合戦・決闘・色恋交えて描く時代長編。

隆慶一郎著

影武者徳川家康（上・中・下）

家康は関ヶ原で暗殺された！　余儀なく家康として生きた男と権力に憑かれた秀忠の、風魔衆、裏柳生を交えた凄絶な暗闘が始まった。

隆慶一郎著

死ぬことと見つけたり（上・下）

武士道とは死ぬことと見つけたり——常住坐臥、死と隣合せに生きる葉隠武士たち。鍋島藩の威信をかけ、老中松平信綱の策謀に挑む！

ねこのばば

新潮文庫　は-37-3

平成十八年十二月一日発行
令和七年九月十五日五十一刷

著者　畠《はたけ》中《なか》恵《めぐみ》
発行者　佐藤隆信
発行所　株式会社 新潮社
郵便番号 一六二―八七一一
東京都新宿区矢来町七一
電話 編集部(〇三)三二六六―五四四〇
読者係(〇三)三二六六―五一一一
https://www.shinchosha.co.jp

価格はカバーに表示してあります。

乱丁・落丁本は、ご面倒ですが小社読者係宛ご送付ください。送料小社負担にてお取替えいたします。

印刷・錦明印刷株式会社　製本・錦明印刷株式会社

ISBN978-4-10-146123-6 C0193